影武者捜し

北町影同心 7

沖田正午

時代小説

二見時代小説文庫

目次

影武者捜し——北町影同心7

第一章　甥《おい》っ子《こ》の失踪

一

無嗣子《むしし》断絶は、武家に科せられた法度《はっと》の定書《さだめがき》百か条の中にある。

日本海に面する北陸の一角に、七曲藩《しちくせ》というのがある。十二万石譜代大名山藤《やまふじ》家が統治する所領であった。その七曲藩の七代目藩主貞常《さだつね》公が、四十八歳で急逝《きゅうせい》してから二月《ふたつき》ほどが経ったころの出来事である。

藩主の逝去《せいきょ》から忌日《いみび》五十日、服喪十三月との定めがあり、忌日の間は千代田城への登城は控えることになっている。その間公式には、七曲藩山藤家は藩主が不在ということになっていた。藩主貞常の死去は、すでに幕府に届けられ、後継は八代目に当たる、山藤隆常《たかつね》になることが決まっていた。

隆常はこのときはまだ、幼名である右京《うきょう》と名乗る、御齢十歳の前髪立ちの少年であった。幼くもあるが、数日後には元服《げんぷく》して隆常となる計《はか》らいである。誰しもが将来の名君と期待する、右京という健常で聡明に育った世継ぎに、江戸家老を筆頭に家臣一同、継承においては安心しきっていた。

文武に優れて偉丈夫《いじょうぶ》な右京は、幼年のうちから藩主としての嗜《たしな》みを身につけており、唯一の楽しみは子供ながらにしての魚釣りであった。その腕前は、漁師の生まれ変わりではないかといわれるほど達者である。危険さえ伴わなければ、健全な遊びとして山藤家の重鎮たちも容認している。

五十日の忌日が明け、幕府に届け出て晴れて山藤家八代目当主となる。千代田城に赴《おもむ》き、仰せ付けが下りて初めて継承が認められる。登城するその日が、あと十日と迫っていた。その間に、前髪を断ち元服を済ませる算段であった。

文政《ぶんせい》八年の季節は移ろい、山の樹木が鮮やかな色に染まる神無月《かんなづき》の十四日。

その日の朝、右京は若殿として最後のわがままを江戸筆頭家老沢村刑部《さわむらぎょうぶ》にぶつけた。

「――余の、右京としての最後の頼みとして聞いてくれ」

「若君のお願いとは……？」

「江戸湾で、烏賊《いか》釣りをしたい」

烏賊釣りとは、かなり本格的な釣りである。

「ほう、烏賊釣りですか。ですが、若は近々殿となる御身。海での舟釣りは危険が伴いますので、もうお控えなされませ」

これまでいく度か海釣りをしたことがあるが、今は藩主となるのが決まっている身である。万が一のことがあれば、それこそお家の存続が危ぶまれると重鎮たちは危惧していた。忌日の間に後継者までが死去し、無嗣子としてお家断絶となった大名家が過去にも数家あった。

「川や池釣りならばともかく、とくに烏賊釣りは夕方から夜にかけての夜釣《よづ》りとなりますぞ」

烏賊は、暗くなってから、食いが立つといわれている。

「だからこそ、行きたいのじゃ。もう、舟での釣りはできないからの」

右京は自分でも、藩主となる身の重要さは心得ている。海釣りは、この日で最後と決めていた。

「今は槍《やり》烏賊が釣れると、芝浜《しばはま》の漁師が言っていた。それを釣ってみたいのじゃ」

国元では、一年を通して烏賊漁が盛んであった。江戸から出たことのない右京は、話としては聞いている。お国の海産物である烏賊を、いつかは江戸湾で釣ってみたいと心に抱いていた。

「分かりました。若君の言うことをお聞きしましょう。藩主になられましたら、もう外出もままなりませんからな。それに、国元の産物を釣りたいとは、なんとも領民想いの殿である。この沢村刑部、恐れ入ったでございまする。しかし、それにつきましては……」

芝浜の漁舟を借り、腕扱《こ》きの船頭を雇い、家臣の中から泳ぎの達者な者を三人つける条件で右京の烏賊釣りは容認された。

遠く南の海から、季節外れの野分《のわき》が近づいていることを知らない。外海《そとうみ》は荒れ出してはいるが、江戸湾の中までは届いていない。日中は天候も穏やかで、内海はさざ波が立つ程度であった。

少々の時化《しけ》ならびくともしない大ぶりの漁舟を調達し、腕扱きの船頭と案内および釣り指南の漁師、そして警護の侍三人を伴い、右京が烏賊釣りに陸《おか》を離れたのは夕に向かう八ツ半過ぎのことであった。

丸一日以上が経った、その翌日は十月十五日――。

霊巌島《れいがんじま》の巽家《たつみ》に嫁いだ音乃《おとの》のもとに、息急《せ》き切って使者の報せが届いたのは、暮《くれ》六ツの鐘が鳴ってから、四半刻《しはんとき》ほどが過ぎたころであった。

「えっ、鉄太郎《てつたろう》が……？」

報せは音乃の実家である、奥田《おくだ》家からであった。鉄太郎とは音乃の甥《おい》にあたり、数え十一歳になる男児である。

「いったいどういうことなのでしょう？　詳しくお聞かせいただけませんか」

「はあ、それが……」

実父義兵衛《ぎへえ》の家来である使者は、要領をまったく得ない。身分は足軽の、二十歳とまだ世間ずれしていない、姓を園田《そのだ》と名乗る若者であった。

「どうなされたのです？　しっかりなさってくださいませ」

甥の一大事を報せに来たものの、その不甲斐《ふがい》ない使者の口上《こうじょう》に音乃は苛立《いらだ》ちを覚え、問う口調も厳しくなった。

「お姉さまはなんと……？」

「いえ……」

「お義兄《にい》さまは？」

長姉佐和《さわ》の夫で、音乃の義兄である仙三郎《せんざぶろう》は人としては申し分がないのだが、男としてはいささか頼りないところがある。

「いえ、お二人ともただうろたえるばかりでございまして……早く音乃さまを呼んできてくれとおっしゃるばかりでございます」

若い使者を詰《なじ》るのは、どうやらお門《かど》違いのようだ。姉と義兄の取り乱した様子が、音乃の脳裏《のうり》に絵を描いたように浮かび上がった。

「父上は今どちらに？」

「はい。殿は甲州道《こうしゅうどう》を見廻《みまわ》りに行かれ、あと半月は戻らないものと」

三百五十石取り旗本で、大目付《おおめつけ》支配の道中方組頭《どうちゅうがたくみがしら》でもある奥田義兵衛は、街道宿場の見廻りを役職としている。一年のうちで、十月《とつき》は家を留守にする職務に就《つ》いている。実の母親である登代《とよ》は、武家のお嬢さま育ちで体も健常にはできていない。初孫の大事を前にしては、狼狽《ろうばい》する姿が浮かび上がるだけだ。

「少しお待ちいただけます？」

ここは音乃が出張《でば》る以外にないと、出かける仕度をするため奥に入ろうとしたところで、丈一郎《じょういちろう》の声がかかった。

「何かあったのか、音乃？」

戸口先での、尋常でなさそうな話し声を聞きつけ奥の部屋から出てきたのは、音乃の義父である巽《たつみ》丈一郎と、義母の律《りつ》であった。

「甥の鉄太郎が昼間遊びに出たきり、まだ帰ってこないらしいのです」

「なんだと！　そいつはいかんな」

丈一郎が、眉根を逆立《さかだ》てて驚愕の声を発した。

「すぐに、行ってあげぬとならんな。おれも一緒に行こうか？」

「お願いできますか？」

元は北町奉行所の、定町廻《じょうまちまわ》り同心《どうしん》である丈一郎が同行してくれれば心強い。

「何を他人行儀な。お願いできるかなどと、水臭い」

詳しい話は、道々聞くことにする。

急ぎ音乃は、地味な柄《がら》の格子地紋の袷《あわせ》に着替え、仕度を調《ととの》えた。丈一郎は、小袖に厚手の羽織を纏《まと》い、腰に大小の二本を差して出かける用意はできている。

「今夜は、泊まりになるかもしれん」

丈一郎が、妻の律に言い残す。

「お気をつけて……」

律が返す最中にもう一人、息急き切って駆けつけてきた男がいた。

「殿が、すぐに来てくだされとのお呼びでございます」

北町奉行所筆頭与力梶村《よりきかじむら》の下男で、いつも巽家に伝言をもたらす又次郎《またじろう》という名の男であった。となれば、北町奉行からの密命以外にない。北町奉行所の手がおよばぬ難事件に携《たずさ》わるのが音乃と丈一郎に課せられた影同心としての使命である。

「おや、どちらかおでかけでございましょうか？」

すでに、戸口の三和土《たたき》に立ち出かけようとしている音乃と丈一郎に、又次郎が怪訝《けげん》な顔をして問うた。その傍《かたわ》らに羽織袴の若い侍がつっ立っている。鉄太郎失踪の報せをもたらせた園田という使者にも、又次郎の顔が向いた。

「何か、ございまして？」

又次郎の問いは、音乃に向いている。

「はい、ちょっと……」

眉根を寄せた音乃の、困惑した顔であった。

身内の難儀である。梶村の使者に余計な心配はさせまいと、音乃は口を濁した。

梶村の用件は、むろん又次郎の知るところではない。それがどれほど重要な案件か想像がつかず、音乃は選択に迷った。

甥の行方知れずか、北町奉行からの密命か。どちらを優先するか、音乃が考えあぐねている。

「いずれも二人で行くことはあるまい。音乃は、実家に行きなさい。とりあえず、おれは梶村様のところに行く」

結論は、丈一郎がつけてくれた。

夕餉《ゆうげ》を済ませ、寝に入る前のくつろぎの寸暇を襲った、降って湧いたような二件の急報であった。

外はすっかりと暮れ、夜の帳《とばり》が下りている。

晴れてはいるが風がいく分強く吹いている。東の空にぽっかりと浮かんだ満月が、動きの速い雲間に見え隠れする。足元は、提灯《ちょうちん》の明かりを灯さないとおぼつかない暗さとなっていた。

霊巌島の巽家の前で、四つの提灯の明かりが西と東に別れた。西に進むのは、梶村の屋敷を目指す丈一郎と、又次郎が持つぶら提灯の明かりである。

二

音乃と園田は、築地《つきじ》の奥田家へと足を急がせた。

巽家から亀島川《かめしまがわ》沿いを、東に一町《ちょう》ほど行ったところに、船宿『舟玄《ふなげん》』がある。

「……そうだ、源三《げんぞう》さんはいるかしら？」

急ぐところである。音乃は陸を歩くよりも、舟のほうが早く着けると踏んだ。舟玄には、以前丈一郎の手下《てか》で目明しであった源三が船頭として働いている。源三はその仕事の傍《かたわ》ら、北町影同心の助《すけ》っ人《と》としても、なくてはならない存在であった。

音乃は、舟玄の看板を目にして、源三の四角くて鬼瓦《おにがわら》のような厳《いか》つい顔を思い浮かべた。

晩秋の季節だが、宵《よい》の五ツころまでは夜舟を動かしているはずだ。しかも今夜は、満月である。水上で風流を味わいたいと、屋形舟《やかたぶね》を繰り出しての見物が多くあろう。船宿は、今夜は書入《かきい》れとみえる。

堤の上から堀川《ほりかわ》に、ちらほらと舟が照らす龕燈《がんどう》提灯の明かりが見えた。

——源三さんはお忙しいかも。

と思いながらも、音乃は船宿の障子戸を開けた。

「いらっしゃい」

威勢のよい声が、音乃の耳に入った。しかし、源三の声ではない。

「おや、音乃さん。こんな時分に名月でも……」

声の主は、舟玄の亭主で権六《ごんろく》という男であった。言葉が止まったのは、音乃のうしろに若侍が一人立っていたからだ。

「源三に用事でもできたのですかい？」

北町影同心のよき理解者で、何も語らずも事情は心得ている。源三が探索で借り出され、船頭の仕事を休むにも文句一つ言わない。普段より『――世の中のためだ』と言って、むしろ進んで協力してくれる親方であった。

「いえ、ちょっと実家で急用ができましたので舟で行こうと。源三さんがいなければ、ほかのお方でもよろしいのですが」

「源三は早じまいってことで、もう家に戻りやしたが」

書入れで、船頭は足りないはずと音乃は思ったが、権六の話ですぐにその理由《わけ》が知れる。

「たしか、音乃さんの実家は築地本願寺《ほんがんじ》の近くで？」

「はい」

眉間に皺を寄せて語る権六を、不思議な思いで音乃は見やった。

「生憎《あいにく》と今夜は江戸湾には舟は出せませんで。佃島《つくだじま》まででしたら、なんとか……」

築地まで舟で行くには、一度江戸湾に出なくてはならない。舟玄の桟橋《さんばし》には、舟底が深い海用の手漕ぎ舟が数艘浮かんでいる。満月の晩なら、舟はみな出払っているところである。

「なぜでございましょう？」

「昨夜から海が急に時化《しけ》やして、きょうの昼になってさらに大きな高波が鉄砲洲《てっぽうず》の浜まで押し寄せてくるんでさあ。今もまだ荒れてやして、ですから舟は大川《おおかわ》の河口までとさせてもらってやす。どうやら、遠くに季節外れの野分《のわき》が来ているらしいので」

野分とは、夏から秋にかけて日本列島に上陸する大嵐と思えばよい。晩秋となってもまれに発生するが、東の沖に逸《そ》れて列島を襲うことはほとんどない。ただし、野分の風から生じる大波は、かなり遠くからでもうねりとなって江戸湾にも押し寄せてくる。

「しかも今日は大潮《おおしお》で、夕七ツごろが高潮《たかしお》と重なり波が一番高いときてまして。夜になって波はいく分治まりやしたが、舟を出すことはまだ叶いませんでさあ」

権六の話で、事情は伝わった。

仕方がないと、陸路で行くことにした。

「きょうは、海は大荒れみたいですね」

歩きながら、園田が言った。

「築地まで舟で行ければ、早かったのにね」

残念そうな声音《こわね》で、音乃は返した。

風が冷たさを増すとはいえ、焦燥と速足で音乃の額に汗が滲み出る。一里近くある道を、音乃と園田は半刻もかけずに歩いた。

三百坪ほどある、旗本拝領屋敷の門扉《もんぴ》が閉まっている。

「音乃さま、こちらから」

園田が脇門を開け、音乃を邸内へと誘《いざな》った。

遣戸《やりど》が閉まった母家《おもや》の玄関先に立つと、音乃は一呼吸して息を整えた。姉の佐和と義兄の仙三郎、そして実の母である登代の悲愴な姿を想像すると、すぐには玄関の遣戸を開けることができなかった。

気持ちを鎮《しず》め、音乃は遣戸の取っ手に指をかけた。嫁に出たとはいえ、長年住み慣れた実家である。玄関の敷居を跨《また》げば、遠慮などない。

音乃は三和土に立つと、ふと足を止めた。

およそ一年前にも見たこのような光景を、音乃は思い出したからだ。それは、父である義兵衛が冤罪《えんざい》で捕らえられたときのことである。あのときも、三和土に立つと同時に重苦しい雰囲気を感じていた。それと同じ気配が、音乃を苛《さいな》む。

「……いやな気分」

顔を顰《しか》めながら、自分だけに聞こえるほどの小声で呟《つぶや》いた。

勝手知ったる家である。音乃は、奥に声をかけるでもなく、式台《しきだい》に足をかけた。園田の案内も必要なく、二百坪の建屋の中を迷うことなく、駆けるように歩いた。

廊下をいくつか曲がり、姉夫婦の居間の前で止まると、

「お姉さま……」

立ったまま音乃は、閉まった襖越しに声をかけた。

「音乃どのか？」

佐和の夫である、仙三郎の声が返ってきた。

「はい。報せをお聞きしまして……」

音乃が返す言葉の途中で、襖戸が内側からガラリと音を立てて開いた。目の前に、仙三郎がつっ立ち、女にしては上背の高い音乃とちょうど目線が合った。細く開かれた仙三郎の眼は、憂いを含んだような湿り気をもっている。

「待っておりましたぞ。さあ、入ってくだされ」

「鉄太郎は……？」

この場の空気から、鉄太郎は戻っていないと知れる。音乃はそう感じていながらも、

あえて口にした。

「ええ。ずっと捜し回ったのだが見つからず……」

語尾が呟きとなって、仙三郎の小声が返った。部屋の中ほどに、ガックリと肩を落として佐和が座っている。

「音乃かえ……」

鉄漿《おはぐろ》をした口をわずかに動かす、力のない佐和の声音であった。美人三姉妹と謳《うた》われた長姉の面影は、今は消えている。三女である男勝りの音乃とはいささか異なり、佐和はおっとりとした淑《しと》やかな性格である。家の変事に、毅然《きぜん》と立ち向かう器量は持ち合わせていない。武家家中の妻女によく見られる、弱々しい姿がそこにあった。

部屋の中を見回すも、実母である登代の姿がない。

「お母さまはどちらに？」

音乃は、動揺しているであろう登代の心痛を慮《おもんぱか》って訊いた。

「貴子《たかこ》と一緒に、ご自分の部屋に」

答えたのは仙三郎であった。貴子とは、鉄太郎の二歳下の妹である。普段は両親と一緒の部屋に住まうが、貴子にまで心配をかけまいとの配慮でか、面倒を登代に任せていた。しかし、九歳ともなれば心身ともに発達をきたしている。

母親への心配を置いて、先に鉄太郎のことである。

音乃の体が、仙三郎に向いた。

「お子が黙っていなくなるのは、事故に遭ったか事件に巻き込まれたか、さもなければ誰かに連れていかれたかにほかなりません。まさか、鉄太郎が自分で家を出たりはしないでしょうから」

誰かに連れていかれたと聞いた途端《とたん》、佐和の嗚咽《おえつ》が激しくなった。

「お姉さま、鉄太郎は名が示すとおり強い子です。親がしっかりなさらないでどうされます」

音乃が叱咤激励《しったげきれい》するも、佐和の慟哭《どうこく》はしばらく治まりそうもない。

「それでお義兄さま、鉄太郎の足取りは分かりませんので？」

「ああ。昼八ツごろに遊びに行くと出ていったきり、戻ってこない」

「お友だちの家にでも……？」

「目ぼしいところは当たってみたが、どこも今日は来ていないとのことだ。そうなると、いったいどこに行ったのか見当もつかん」

普段なら、遊びに行っても一刻もしたら帰ってくる鉄太郎に、さほど気にもしていなかったという。しかし、十一歳ともなれば行動範囲も格段と広くなる。親の手に負えないところに行ってしまうこともありうる。迷子というのも、音乃の脳裏をよぎった。

「音乃どのが来る間、家来たちと手分けをして近在を捜したが、まったく手がかりすらつかめんかった。そのうちに暗くなってきて拙者は戻ってきたが、まだ家来たちがいく人かで鉄太郎を捜している」

夜になっての捜索は、ますます難航するだろう。事態は深刻さを増してきている。

「番屋へのお届けは……」

なさらなかったのかと訊こうとして、音乃は途中で言葉がつまった。

江戸の初期に埋め立てられ、四方が堀川で囲まれた築地は、大名家中屋敷《なかやしき》と旗本の拝領屋敷で埋まり、一角が築地本願寺の巨刹《きょさつ》でもって形成されている。町人が住む町屋はなく、したがって近在に町番屋は皆無であった。それを思い出し、音乃は口をつぐんだのである。

「本願寺橋を渡った小田原《おだわら》町に番屋があるが、そこの番人の対応には腹が立った」

「なんと仰せになられました？」

「番人は『――お武家のことは、町番屋は関わらないことになってますんで。ご自分たちでお捜しなされたら』などどぬかしおった」

仙三郎の怒りは、別のほうに向いた。

「町番屋はともかく……」

音乃が話を引き戻す。

「そうであったな。ただ、近在を捜してみても、事故や事件が起きた形跡はない。そのうちに日が暮れて、拙者は仕方なく戻ってきたという次第だ。鉄太郎、いったいどこに行ってしまったのだ」

嘆きが仙三郎の口を吐いて出たそこに、ドヤドヤとした足音が聞こえてきた。もしや、鉄太郎が見つかったのではないかと、期待をもたせる騒がしさであった。しかし、反面不吉な予感も走る。

慌しい足音が、部屋の前まで来て止まった。

「よろしいでしょうか？」

襖越しに声がかかった。

「かまわぬ」

仙三郎の声が返ると同時に、襖が勢いよく開いた。

「どうだ、見つかったか？」

怒鳴り口調で、仙三郎が問うた。

良い報せか悪い報せか、家来の言葉を待つ間に、音乃はゴクリと生唾を呑んだ。

「いえ、皆目《かいもく》……」

首を振りながら返した男を、音乃は知る顔であった。名は菅井豊松《すがいとよまつ》といい、有事のときは馬の口取《くちとり》として義兵衛に仕える足軽であった。四十も半ばを過ぎた、見るからに朴訥《ぼくとつ》そうな男である。そのうしろに二人控えているが、そこに鉄太郎はいない。

菅井の無念そうな顔に、なんの進展のなさが知れる。

「鉄砲洲一帯を、稲荷橋《いなりばし》まで捜しましたが、鉄太郎さまが歩いた形跡はなく……」

力ない、菅井の声音であった。

三

鉄砲洲は、霊巌島の南側から築地の東側にあたる埋め立て地で、大川の河口に当たり江戸湾にも面している。名の由来は寛永《かんえい》の頃、幕府の鉄砲方が大砲の試射をしたとも、島の形が鉄砲に似ているからともいわれている。

稲荷橋といえば八丁堀川《はっちょうぼりがわ》、通称桜川《さくらがわ》に架かる橋で巽家からも近い。かなり広い範囲で捜してきたと見られる。

「江戸湾の、波打ち際も行きましたが、誰も鉄太郎さまらしきお子を見かけた者はおりませんでした」

三人でもって念入りに捜したようだが、いかんせん夜の帳《とばり》が下りたとあっては努力も空《むな》しいものとなった。

「そうか、ご苦労だったな」

家来たちを労《ねぎら》う仙三郎の声も、意気消沈から張りを失っている。

「明朝早くから、いま一度捜してまいります」

「頼む」

主従の受け答えがあって、菅井たちは長屋塀にある住まいへと戻って行った。

今のところ近在で、鉄太郎らしき子供が事件や事故に巻き込まれたというような騒ぎは一切《いっさい》ないようだ。となると、思い浮かぶのは拐《かど》かしである。

「……拐かしならばなんらかの要求はあるはず」

身代金《みのしろきん》が欲しいとか、恨みを晴らすものだとか、凶漢から何かしら言ってくるものである。

「お義兄さま、鉄太郎を連れ去った目的が分からない。念のため門扉を見てきていただけますか？」

ひょっとして、脅迫状《きょうはくじょう》が挟まっているかもしれない。音乃は、それを確かめたかった。

「そうだな。ちょっと待っててくだされ」

言って仙三郎が立ち上がった。そそくさとした足取りで、屋敷の正門へと向かった。

音乃はこのとき迷っていた。朝になって、町奉行所に届けるかどうかを。

そうなると、頼れるのは北町奉行所筆頭与力である梶村しかいない。武家の難儀であるが、影同心のよしみで探索に動いてくれるかもしれないというのが、音乃の望みであった。北町奉行榊原忠之《さかきばらただゆき》ならば、必ず許してくれるものと。

だが、今は丈一郎が梶村のところに行って、密命を受けているところだ。音乃はそのほうも気になっていた。そんなところに、身内の相談をかけてよいものかどうか。

事件が二つ重なり、音乃の気持ちも憂いが重なった。

「……お義父さまのほうはどうなっているのでしょう？　いえ、ここは鉄太郎のほうが大事」

北町奉行の密命が気になるものの、音乃は気持ちを鉄太郎一つに置いた。

「もし、拐かしだったら……」

独り言が、途中となった。

たしな」
「門の外を調べてみたが、書付けのようなものはなかった。門扉にも挟まってなかっ
仙三郎が戻ってきたからだ。
「音乃どの……」

この世に神隠《かみかく》しなどというものはないと、音乃は信じている。行方知れずとあらば、必ず原因があるはずだ。事故、事件、誘拐、家出、さらに自害。そのいずれかでもって鉄太郎はいなくなった。そのうちの、家出と自害は考えられず、頭の中から除いた。事故、事件、誘拐の、三つの線で音乃は追うことにした。だが、暗くなっては動き回ることすら叶わない。宵五ツを報せる鐘が、遠く聞こえてきた。夜が更《ふ》けるとともに、憂いがさらに増してくる。

「嗚呼《ああ》、鉄太郎……」

佐和の嘆きが、一段と重く響く。

「お姉さま、鉄太郎は必ず戻ってきます。お気を強くもってください」

音乃が、佐和を慰めたところで、ガラリと音を立ていきなり襖が開いた。音乃の背後で、上背四尺にも満たない女児が立っている。

「音乃おねえさま……」

女児の声音に、音乃は振り向かぬまでも、姪《めい》の貴子のものと知れた。貴子が生まれたとき、音乃は十四歳であった。当時同居していた音乃は、もの心ついた貴子に『おば』ではなく『あね』として呼ばせていた。一年前までは「――おねえちゃま」と幼児言葉であったのが、月日がそれを変えるまでになっていた。

「貴子かい？」

問いながら、音乃は振り向いた。

「いらっしゃいませ、おねえさま」

両手を畳につけて拝する、躾《しつけ》のいき届いた貴子の挨拶であった。まだ禿《かむろ》のようなおかっぱ頭だが、武家子女としての行儀は身につけている。鉄太郎も貴子も年の瀬の遅《おそ》生まれなので、年齢よりも体は小さい。同じ齢《とし》の、早生《はや》まれの子と比べたら一年の差は大きい。なので、二人とも見た目は実齢よりも一歳下と見てもよい。体よりも口のほうが先に育っている。

「おねえさま、お兄さまが帰ってこないの」

声音はしっかりしている。どうやら、うろたえてがっくりと肩を落とす両親よりも、貴子のほうが気丈なようである。

「お祖母《ばあ》さまもお元気をなくし、向こうのお部屋で寝ています」

登代に面倒を見られていたのではなく、逆に心痛の祖母を貴子が慰めていた言い方であった。

そこへ、貴子に向けて仙三郎が怒声を放つ。

「貴子。おまえはお祖母さまのところに行ってろと、さっきから言ってるだろう」

仙三郎が、いらつく口調で貴子を叱った。

「お義兄さま、いらいらするお気持ちは分かりますけど、貴子をお叱りになるのはちょっと違うのではございません？」

義理の兄を、音乃は強い口調でたしなめた。

「そうだな。すまなかった、貴子。音乃おばさんと、大事な話があるのでな」

仙三郎の声音は柔和になったものの、それでも貴子は部屋を出ていこうとはしない。むしろ父親の仙三郎に、強情げな目を向けている。親に抗《あらが》うようなそんな貴子の様子に、音乃は小さく首を捻った。

――何か、言いたいことがあるのかしら？

「どうかしたの、貴子ちゃん？」

音乃の問いに、貴子は小さく首を振った。父親の前では答えたくないとの、意思が見える素振りであった。

「貴子は、お兄ちゃんがいなくなったことで、何か知ってるの？」

「いえ、何も知りません」

首を大きく振って拒む貴子の様子に、むしろ音乃は違和を覚えた。

――ここは、義兄さまに聞くよりも……。

貴子が何かを知っていそうだと、音乃は立ち上がった。

「貴子ちゃん、一緒にお祖母さまのところに行きましょ。お義兄さま、戻ったらお話をうかがいます」

「そうしてもらえますか」

渋々そうな仙三郎の返事を聞いて、音乃は貴子の手を引いた。

「さあ、行こ」

差し出した音乃の手を、貴子がグッと力を込めて握り返してきた。

廊下の中ほどに差しかかると、貴子が足を止めた。

「どうかしたの？」

結んでいる手が引っ張られ、音乃も同時に立ち止まった。貴子の上背は、音乃の帯のあたりほどしかない。

「おねえちゃま……」

押さえきれない感情が、幼児言葉となって表れている。

いきなり音乃にすがりつくと、帯に顔面をうずめておいおいと泣きはじめた。いかに気丈とはいえまだ、満《まん》で数えると七歳の幼児《おさなご》である。両親が苦悶する様子を目の当たりにして、それに堪えられるほど心身は発達していない。夜になって、事態の深刻さが分かってきているのであろう。

ひとしきり泣くと、貴子は帯から顔を離した。音乃の茶と薄茶色で組み合った、市松模様の帯が、貴子の涙と鼻水で黒く染みを作っている。

「お兄さまが、お兄さまが……まだ帰ってこないの」

鼻をヒクヒクと引きつらせながら、貴子が言った。

「大丈夫。お兄さまはわたしが必ず捜してあげるから」

音乃は腰を落とすと、貴子の目線と高さを合わせた。

「そんなに顔をくしゃくしゃにして、きれいなお顔が台無しよ」

ズルズルと鼻水を垂らす貴子の顔面を、音乃は袂から手巾《しゅきん》を取り出し拭ってあげた。

ちーんと音を立てて鼻をかむと、貴子はいく分か落ち着きを見せた。

「ありがとう、音乃おねえさま」

「さあ、一緒にお祖母さまのところにまいりましょ」

　音乃は立ち上がると、貴子の手を取った。すると、音乃が頼りとばかりに、貴子の手がさらにぎゅっと強く握られた。そして歩くかと思いきや、貴子の足は止まったままだ。

「おや、どうしたの？」

　腕を引っ張られる形になって、音乃は訝《いぶか》しげに振り向いた。再び膝を曲げて腰を落とし貴子と向かい合う。

　落ち着いたと思われる貴子の目から、またも大粒の涙が溢れ出ている。それは悲しみの涙でなく、何かを隠している悔恨《かいこん》の涙と音乃には思えた。

　――やはり何か、言いたいことがあるのかしら？

　話を聞こうと、音乃は以前自分が使っていた部屋へと貴子を導いた。

四

　障子を開けると、榑縁《くれえん》越しに庭が一望できる。

　音乃が以前住んでいたときに使っていた、お気に入りの六畳間であった。しかし今は、手入れが行き届き見栄えのする庭は夜の暗さに隠れている。障子を開けると、晩秋にそぐわぬ南からの生暖かい風が吹き込んできた。

しばらく開けておらず、部屋の湿った空気を入れ替えると音乃は障子を閉めた。そして、今は家具のないガランとした部屋の中ほどに、音乃と貴子は向かい合って座った。

貴子の涙はすでに治まっている。大きな瞳の両脇に小さく見える白目が、赤く充血している。

「たくさん、泣いたね」

音乃は、顔に笑みを浮かばせて貴子と向かい合った。

「うん。でも、もうだいじょうぶ」

「貴子は、お兄さまのことで何か知ってることがあるの？」

今なら話してくれるだろうと、笑みを絶やすことなく、音乃は穏やかな口調で切り出した。

しかし、語るにためらいが残るか、貴子はうつむき、しばし無言となった。それでも音乃はせっつくことなく、貴子の言葉を待った。

「音乃おねえさま……」

ようやく、貴子のおかっぱ頭が上を向いた。

「おねえさまが鉄太郎を連れてきてあげるから、貴子は、何か知っていることがあったら話してくれる？」

腫《は》れ物でも触るように、音乃が語りへと誘う。

「うん……はい。きょうお兄さまとお昼ご飯を食べたの」

子供の話では、肝心なことが先に出てくることはない。話が遠回りするのは仕方がないと、音乃は焦燥にじっと耐えた。

「そう。おいしかった？」

「とても。それでね、おみおつけの中に……」

昼飯が、鉄太郎の失踪に関わりあるとは音乃は想像だにもしていない。

「おみおつけの具はいいから、もっと先のことを話してくれる？」

味噌汁のことなどはどうでもよい。さらに優しげな口調となって、話の先を促した。

しかし、貴子の話は昼餉《ひるげ》から逸れようとはしない。

「おいしいカニさんの身が入っていたの」

「蟹《かに》……？」

思い当たる節があり、音乃はそれから先は黙って貴子の話を聞くことにした。

数刻前のことを思い出しながら、貴子は語りはじめた。

鉄太郎と貴子が昼餉を済ませ、半刻ほどが経ったころである。

食事のあとは、八ツ半ころまで書を読んで時を過ごすのが鉄太郎の日課であった。

昼八ツを報せる鐘が聞こえ、いく分かの時が経ったころであった。貴子は、人形遊びに飽きたか、書見台に載る本に目を通す鉄太郎に声をかけた。

「――お兄さま、お昼のおみおつけおいしかったですね」

「ああ、うまかったな。貴子は、あのおみおつけに入っていた汁の身がなんだか知ってるか？」

年齢ほど体は大きくないが、鉄太郎の言葉は大人びている。貴子とは二歳違いだが、この年ごろの言葉つきの差はずいぶんと大きい。

「いいえ。あれは、なんなのですか？」

「あれはな、カニっていうのだ」

「カニ……？」

昼に出た汁物には、がざみというわたり蟹が具として入っていた。滅多《めった》に膳には載らない食材だけに、鉄太郎と貴子は三杯もお代わりをしたものだ。

「そう、カニさんだ。貴子は生きているカニを見たことがあるか？」

「いいえ、一度もありません」

「海の中とか、浜辺にいる生き物だ。じゃんけんをしても、鋏《はさみ》しか出せなくて、いつも負けてしまうかわいそうなやつだ。それに、カニは前には歩けず横にしか進めないで、変な歩き方をする」

このとき鉄太郎が読んでいる本は、子供向けに書かれた『さるかに合戦』と、表題がつくものであった。蟹の薀蓄《うんちく》は、そこからきているようだ。言葉にも似ず、読んでいる物は年相応である。

「てっぽうずの浜にもいますか？」

「ああ、いると思うよ。わかったら、あっちに行ってお人形と遊んでな。えーと、どこまで読んだっけ……」

貴子の相手はそれまでと、鉄太郎は書見台へと目を移した。

「怒ったカニは、顔を真っ赤にすると……」

声を出して、再び鉄太郎は読みはじめた。それでも貴子は傍《そば》を離れず、鉄太郎の読書をずっと見やっている。それに気づいた鉄太郎は、書見台から目を離した。

「なんだ、まだいたのか？」

「お兄さま。貴子、カニさんてどんなものか見てみたい」

貴子が、鉄太郎に向けて駄々《だだ》をこねはじめた。

「だったら、待ってな。本を読んだら、この鉄太郎さまが鉄砲洲の浜に行って、カニをつかまえてきてやる」

鉄太郎が、威張り口調で兄貴風を吹かせた。

鉄砲洲の浜に、鉄太郎が一人で蟹を獲りに行ったまでが、貴子の知るところであった。

貴子の話では、日の傾きからして、それは昼八ツ半を過ぎたあたりらしい。

音乃の脳裏に、ふと権六から聞いた話がよぎった。

『――野分の高波が、鉄砲洲の浜まで押し寄せてくるんでさあ』

それも、夕七ツころが高潮と重なって酷《ひど》かったと言う。高潮となれば、砂浜も隠れるほどに海水が上がる。そこに、高波が押し寄せれば、大人でさえひとたまりもなく海に呑み込まれる。音乃は、権六の言葉を思い出したと同時に、ゾッと背筋に冷たいものを感じた。顔に歪みが生じてくるのを、自分でも感じる。それを貴子に気取られてはならないと、音乃は無理にも平静を装った。

「お兄ちゃ……いえ、お兄さまは外に遊びに行っても、必ず七ツ半ごろには戻ってきますから」

九歳ともなれば、時を刻んで数えることができる。

日が西に傾く夕七ツより半刻が経ち、日が沈む暮六ツより半刻早いのが七ツ半である。日が大きく傾き、西の空に赤味が差すころである。外で働く職人たちは仕事を済ませ、そろそろ帰り支度をしようかとしはじめる。家ではその夫を迎え入れるため、夕餉の仕度に取り掛かる。夕七ツ半は、そんな暮らしの様子を映す刻限であった。

そんな刻になっても帰らないと、貴子なりにおかしいと考えていたのだ。

貴子の話を聞いていて、音乃はふと疑問を感じた。

「どうしてその話を、お父さまにしなかったの？」

「いくど言おうとしても、じゃまだからってこうするの」

肘鉄《ひじてつ》をくれる仕草をしながら、貴子は言った。

「それと……」

言葉が止まり、再びヒクヒクと鼻が鳴り出した。

「あたしが……あたしが……カニを獲ってきてと……」

そのあとは、まったく言葉にならない。貴子の泣き声が、部屋の中に轟《とどろ》くだけである。

話を聞かなくても、音乃には貴子の言いたいことは分かった。

自分のせいで鉄太郎はいなくなったのだ、そんな呵責《かしやく》が貴子の子供心を蝕《むしば》んでいたのであろう。怖くて、言い出せなかった貴子の心情が、音乃にも痛いほど伝わった。

これで鉄太郎が、海に呑み込まれた公算が大きくなったと、音乃は自分で解釈する。鉄太郎が波に攫《さら》われた証《あか》しはないものの、状況を好転させる証《あか》しもない。少なくとも、このときの音乃の頭の中は、ほかに考えがおよぶどころではなかった。

音乃は、どうしようもない不安に苛《さいな》まれ、両肩がストンと音を立て力なく落ちた。はぁーと一つ、ため息も漏れる。あまり貴子には見せたくない様《ざま》であったが、苦悶のほうが我慢を上回った。

「どうしたの、おねえさま？　おきれいな顔が……」

泣声を止めて貴子が、歪む音乃の顔をのぞき込むように訊いた。

——ここは堪《こら》えなくては。

貴子にだけは、不安を悟られてはならない。音乃は歪む顔を戻し、無理にも笑みを作った。

「いいえ、なんでもないの。でも、よくおねえちゃんに話してくれたわね。貴子は、やっぱり偉い」

　貴子を褒めて、自分の気持ちを繕《つくろ》った。

　この話を、真っ先に仙三郎に告げなくてはならない。

「貴子は、お祖母さまのところに行って、励ましてくれる？　わたしはこれから、鉄太郎を捜しに行かなくてはならないから」

　鉄砲洲での、水難事故の公算が強くなった。捜すといっても夜の暗さである。しかし、動かずにはいられない衝動に掻き立てられる。貴子を登代のいる部屋に送り、傷心の母親を見舞ってから、音乃は重い足を引きずるように廊下を歩いた。

――鉄砲洲の浜に、蟹を獲りに行ったのか。

　音乃の脳裏に、いやな映像が浮かんできた。

　鉄太郎が向かったのは、江戸湾の浜。大川から吐き出された真水は、塩を含んだ海水に変わり、見渡す限りの海原が広がる。内海では珍しく海は時化て、魚舟は出ていない。砂浜に中腰になって、鉄太郎が蟹と戯《たわむ》れている。高潮は夕七ツごろと、権六から聞いている。野分の影響で押し寄せる波と、高潮の侵食に鉄太郎は気づいていない。腰には、獲った蟹を入れておく、籐《とう》を編んだ魚籠《びく》がぶら下がっている。あと一匹探したら帰ろうと、一心不乱に、砂地に目を向けている。そのとき、一際《ひときわ》高い波が鉄太郎を襲った。足元を掬《すく》われた鉄太郎は、踏ん張る力を失い、抗《あらが》えることなく海に呑み込まれていった。引き波が、鉄太郎を沖へと追いやる。

すべてが、勝手に描いた想像である。音乃は、首を大きく振って不吉な映像を頭の中から追い払った。

しかし、慟哭《どうこく》は治まらない。そんな図が脳裏を駆け巡った瞬間、音乃は『うっ』と声を発し、その場にしゃがみ込んだ。胃の腑から込み上げてくる不快な感じを必死になって堪える。

これまで二十三年間生きてきて、これほど辛い衝撃を受けたことはない。いや、一度だけある。それは夫巽真之介《しんのすけ》が夜盗の凶刃《きょうじん》に倒れ、命を失ったときだ。膝が頽《くずお》れ、しばしの間立つことができないでいた。そのときと同様の感覚が全身を麻痺《まひ》させた。

――しっかりしなければ。

音乃は立ち上がるも足が震えて前に繰り出せない。柱と壁の助けを借りて、自分の気持ちを鞭打《むちう》つように、足に踏ん張りを入れた。

五

音乃は、仙三郎のいる部屋に戻ったちょうどそのとき、遠くから宵五ツを報せる鐘の音が聞こえてきた。

「音乃です。よろしいかしら？」

袷の襟を整えながら、一呼吸置いて音乃は襖越しに声を投げた。

「入ってくだされ」

仙三郎の声に促されると、音乃は平静な表情に戻し、静かに襖を開けた。

まずは、寝ている佐和の顔が音乃の目に入った。こんな残酷な話を、鉄太郎の母親である佐和には、すぐには告げられない。

「お義兄さま……」

まずは、仙三郎に語ろうと口にする。すると、佐和に向いていた体を反転させ、仙三郎の正気を失った青白い顔が音乃に向いた。

音乃は小さくうなずき目配せをして、仙三郎を呼んだ。仙三郎は無言で立ち上がると、音乃の前に立った。

「何か、ありましたか？」

「向こうのお部屋で……」

まだ佐和の耳には入れたくないと、音乃は別の部屋で語ることにした。廊下を挟んだ向かいの部屋に二人は入った。

「お義兄さま……」

座って語ろうなどと、悠長なことは言ってられない。

「どうやら貴子が、鉄太郎の行った先を知ってましたようで」

立ったまま前置きもなく、音乃はいきなり切り出した。

「貴子が……それで、鉄太郎はどこにと？」

仙三郎が、半歩前に身を乗り出して訊いた。胸がぶつかるほど近づき、音乃のほうがいく分身を引いた。

「鉄砲洲の浜に、蟹を獲りに行ったみたいでして……」

「なんだと。鉄砲洲の浜にだと……？」

「はい」

仙三郎を見据えたまま、音乃は貴子から聞いた話を語った。

「とても残念な話ですが、鉄太郎はそこで高波に攫《さら》われたものと思われます。確たる証しはありませんが、今日は野分の影響で浜には高波が押し寄せていたと、船宿の親方からうかがっております」

気持ちの整理がついているか、辛い話であったが毅然とした音乃の口調であった。

「鉄太郎……」

仙三郎の嘆きはいかばかりか。がっかりと肩を落とし嗚咽《おえつ》する仙三郎を、音乃は目にうっすらと涙を溜めながら見やっている。

立っていることさえままならず、仙三郎の膝は折れ、畳に腰を落とした。

「お義兄さま……」

がっくりとうな垂れる仙三郎に向けて、音乃は立ったまま声をかけた。

「これから鉄太郎を捜しにまいりませんか?」

「えっ?」

仙三郎の顔が上に向いた。

「もう、外は真っ暗では……」

「でも、鉄太郎の行った先は分かっているのです。無駄であろうがなんだろうが、真っ先に、その場に駆けつけるのが親というものではありませんか」

不幸に打ちひしがれる仙三郎に向けて、説教をするような口調で音乃は奮起を促す。

思いが通じたか、仙三郎の顔が上を向いた。そして、崩れた膝を持ち直し立ち上がった。

「よし。音乃どのが言うことはもっともだ。これから家来たちの手を借り……」

大きくうなずき、仙三郎が言ったところで、ガラリと音を立てて襖が開いた。

「仙三郎様、こちらにいらしたのですか」

「おう、菅井か。どうやら鉄太郎の行き先が分かったぞ。これから、捜しに行くのでみんなを集めてくれ」

「それで、どちらに……？」

「鉄砲洲の浜だ」

「えっ、鉄砲洲の浜と？」

「鉄太郎は、そこで波に攫われたらしい」

「波に攫われたとは？」

「話している暇はない。とにかく、海辺に行ってみようぞ」

生きている鉄太郎を捜せるものではない。そんな望みは、すでに仙三郎の脳裏からは消えている。

「鉄太郎が寒がっている。早く捜してやらんとな、かわいそうだ」

涙が一滴、仙三郎の目から零《こぼ》れ落ちたのは覚悟を決めたからだろう。音乃はそう思うと、目尻にそっと袂《たもと》を当てた。

長屋塀に住み込む家来衆十名に音乃と仙三郎の一行は、それぞれの手に家紋の入った弓張り提灯をもって、佃島《つくだじま》から鉄砲洲にかけての浜を捜し歩いた。

確かに強い波が、浜辺の奥まで打ち寄せてくる。夜四ツが迫るまで、半刻以上捜したものの、生きても死んでも鉄太郎の姿を見つけ出せはしなかった。

町木戸が閉まる前に屋敷に戻ろうと、捜索をあきらめたところであった。

「何かあったのですかい？」

こんな時分に、こんな場所で人と会うことすら奇遇といえる。どこかで酒を呑んだか、千鳥足《ちどりあし》となってふらつく二人組の男から声をかけられた。この夜初めて海岸で人と出会った、鉄砲洲の南端にある明石《あかし》町に住む、船大工の職人たちであった。

「昼間、十歳くらいの男の子を浜で見かけなかったでしょうか？」

音乃が、男たちに問うた。

「昼間って、いつごろだい？」

酔って呆けた片方の男の顔が、一瞬まともになったのを音乃は見逃さない。

——何か知ってる。

音乃は、一歩前に繰り出し男たちに近づいた。

「八ツ半ころですが……」

「そういやあ、子供が一人浜に腰を下ろしているのを見かけたな。周りには誰もいねえ。波が高く、潮が満ちてくるんで危ねえから帰《けえ》れと声をかけたんだが、すぐに帰りますとか言ったんで、あっしは仕事場に戻ったんだが……」

鼠《ねずみ》色の小袖に紺《こん》色の袴《はかま》を履いた、武家風の子供と聞けば、鉄太郎に間違いがなさそうだ。仙三郎が、この日の鉄太郎の格好を覚えていた。

「四半刻して浜に出たが、そのとき子供はいなかったな。そのお子さんを捜しているんで？」

「はい。こんな夜になっても、まだ戻ってきませんで」

「そいつはいけねえな。言いづれえことだが、こいつは海に呑み込まれたかもしれねえ。そうとなるんだったら、無理矢理にも浜から引きずり出すんだった。すまねえ、あっしが迂闊《うかつ》だった。急ぎの仕事に、気を取られちまって」

三十半ばの男が、音乃に向けて深く頭を下げた。音乃は横に立つ仙三郎を見やっている。仙三郎はがくりと肩を落とし、頭が地面に向くほどうな垂れている。

音乃が職人たちの相手をする。

「どうぞ、頭をお上げください。教えていただいただけでも、ありがたく思っております」

「もし、海に流されたとしやしたら……」

四十代にも見えるもう一人の職人が語りはじめると、音乃の顔がその男に向いた。

「もうこの辺を捜したって、見つかりはしねえでしょう。ずっと以前のことでやすが、江戸湾の高波に攫われた子がおりやして。佃島の漁師から、近在の船頭までをかき集め捜しやしたが、とうとう見つからねえ。数日経ってから、その子らしき遺体が揚がったのは、木更津《きさらづ》の浜辺だったそうで。引き潮に流されると、そんなほうまで行っちまうんで。それでも遺体が見つかったのは、万に一つの奇遇といえやす」

引導を渡されたような職人のもの言いに、奥田家一同呆然とする。予想されることではあったが、あからさまに聞くと、胸を掛矢《かけや》で打たれたような強い衝撃であった。そろって愕然とする姿に、気の毒そうに目を向けながら、酔った職人たちは立ち去っていった。

足取り重く、一行が奥田家の屋敷に引き返したちょうどそのとき、夜四ツを報せる鐘が鳴りはじめた。

音乃と仙三郎、そして菅井が母家に入り、ほかの者はみな自分たちの住まいへと戻っていった。

以前の音乃の部屋で、三人が三角に座り沈痛な面持ちで話し合うも、しばらくは誰からも言葉がない。どんよりとした重い空気が場に漂う。

「悔しいが、ここはあきらめるより仕方ないな」

ようやくの思いで、仙三郎が口にした。喉から絞り出すような声音だが、心中は、あきらめの境地となっているようだ。

「まだ、鉄太郎は死んだわけではありません」

信じられないと音乃が運命《さだめ》に抗うも、言葉に力がない。

「いや音乃どの、もうよいのだ。ここまでくれば、覚悟はできている」

「まだ、あきらめるのは早いと思われますが……遺体も見つかってはおりませんのに。そうだ、拐かしってことも考えられます」

仙三郎の決断を音乃は覆すように説くも、仙三郎の頭の中は、もう別のところに飛んでいた。

「いや、それはなかろう。だいいち、拐かしならとっくに誰かが何か言ってきてるはずだ。脅迫文なる物が届くだろうが、それがまだない。拐かしならまだ……まだ……」

嗚咽となって、仙三郎の言葉は詰まった。目は真っ赤に充血し、細い目から今にも涙がこぼれんばかりだ。だが、武士の面目か、必死に落涙を堪えている。

「だが、拐かしならまだ……鉄太郎は生きているとも思える」

震える仙三郎の声音を、音乃はうな垂れながら聞いている。

「しかしだ……先ほどの職人たちの話からしても、鉄太郎はもう陸にはいないってことだ」

心を決めたか、吐き捨てるように仙三郎は声を荒げ、鉄太郎は溺死《できし》と決めつける。

さらに仙三郎は言葉をつづける。

「拙者は、気持ちを決めることにした。父親である以上、いつまでも嘆き悲しんでいても仕方ない。こうとなったら、ねんごろに菩提《ぼだい》を弔《とむら》うことにする」

宙を見据えて語る姿に、無念は隠しきれない。父親の苦悩の決断に、音乃は言葉を添えられず黙って下を向くだけとなった。

「とはいっても、鉄太郎の遺骸が見つからなければ葬式もやってやれんな」

「仙三郎様。江戸湾に流されましたら、もう見つけるのは相当に難儀とのこと。ここは、遺骸なしでも弔ってさし上げませんと、鉄太郎ぼっちゃまも成仏が叶いませんでございましょう」

菅井が、仙三郎のうしろを押した。

「そうだな、菅井。夜が明けたら、さっそく弔いの準備に取りかかろうぞ」

「お兄さま、まだ鉄太郎は死んだと決まったわけではございませんのに、弔いなんて……」

いま一度、音乃が引き止める。

「何を言うか、音乃どの。鉄太郎が波に攫われたと申したのは、あなたではないか」

「ですが……お弔いは、鉄太郎の遺体が見つかってからでも……」

腕を引っ張ってまで、止めることができない。

――いえ、鉄太郎はどこかで生きている。

しかし、これは親が決めることだ。あらためて、両手を畳につけて音乃は懇願をする。

「ですがお義兄さま、これだけはお願いします。まだご葬儀は……もし、三日も見つからなければそれからでも遅くはないと」

音乃の語りに、仙三郎が腕を組んで考えている。

「音乃お嬢さま……」

　そこに、菅井が口にする。

「先ほども職人が言っておられました。この日のような海の状態では、木更津のほうまで流されてしまうと。もう、見つけるのは困難であろうかと。ならば、早くご供養してさしあげるのが、鉄太郎ぼっちゃまのためになろうかと思われます」

　鉄太郎の遺体を捜し出すのは、不可能に近いと菅井が説いた。

　どちらの意見を取り入れようかと、仙三郎に迷いが生じている。腕を組み、細い目を閉じて考えている。

「そうだ、こうしよう」

　呟くような声が、仙三郎の口から漏れた。

「ここは、義父上《ちちうえ》の意見を仰ぐことにする」

　明朝早くに、義兵衛に使者を出すことにしている。

「それにしても、義父上が知ったらどれほどお嘆きになろうか。拙者の責任と責め立てるだろうが、それもいたし方がない。ここは、どんな責苦《せめく》にも堪えねばならん」

　仙三郎に、もう一つの憂いが重なった。義父には弱いか、鉄太郎の父親というよりも、奥田家の婿《むこ》としての顔を見せた。

「この判断は家長である義父上が決めること。戻ってからということにしよう」

自分では決めかねると、仙三郎は決断を義父に委《ゆだ》ねることにした。

「義父上への報せは菅井に任すことにするか。ところで、義父上はどこいらにいるかの？」

「甲州道がこのたびのお役目と申しておりましたので、今ごろは、武蔵《むさし》の府中《ふちゅう》あたりにいるものと」

「だったら、菅井。夜が明けたら、さっそく早馬で遣《つか》いを出してくれ」

「かしこまりました。早馬を繰れるのは自分しかおりませんので、拙者がまいります」

「そうしてくれ」

「それでは、出立の準備をせねばなりませんので、拙者はこれにてご無礼つかまつります」

丈一郎と音乃に向けて菅井は一礼をすると、そそくさとした足取りで部屋をあとにした。

六

一夜が明けた六ツのころ。一度巽家に戻ろうと、音乃は奥田家の屋敷をあとにした。遠回りになるが西本願寺から堀を渡り、築地の浜へと出た。海からの風に乗って、潮の香りがプンと鼻をついてくる。埋立地に形成された南本郷町《みなみほんごう》の町屋からは、江戸湾を眺めながら歩くことになる。

昨日、話に聞いていた江戸湾の波は、この日の朝は信じられないほど穏やかで凪《なぎ》の状態である。一両日繰り出せなかった荷を運ぶ廻船や漁をする舟などが、広い海原にかなりの数浮かんでいる。

「……野分はどこかに行ったの？」

猛烈な嵐は列島をかすめ、大海の果てに去っていったようである。

「鉄太郎……」

音乃は浜辺に立つと、沖合いを見ながら呟いた。音乃の視線の先には、遠く上総《かずさ》の半島が霞んで見えていた。

「あのあたりが木更津ってところ……？」

遥か沖合いの、半島に目を向けて音乃は独りごちた。昨夜出会った職人が、木更津まで流された子供がいたと語っていた。音乃は、そのことを思い出していた。

「……あんなに遠いところまで」

だが、鉄太郎がそこまで流されたとは限らない。あくまでも、奇遇といわれるほどの例である。

「……これでは、見つからないかもしれない」

広い海原を見渡しながら、音乃は辛《つら》い言葉を口にした。

――遺体のない葬儀も……いや、違う。

鉄太郎は生きているという信念だけは、音乃としては曲げたくはなかった。しかし、そんな気持ちを打ち砕くほどのことが、すぐその先で待っていることを音乃は知らない。

いつまでも海を眺めていても仕方ないと、音乃は歩き出した。

明石橋で江戸湾に吐き出す新堀《しんぼり》を渡ると、そこは鉄砲洲の南端で明石町といわれるところであった。昨夜、酔った職人たちと出会ったのは、町屋の裏手にあたる浜辺に沿った道である。

明六《あけ》ツを過ぎ、町屋の人々は動き出している。昨夜の職人たちは、近所に住む船大工と言っていた。仕事場が、この近くにあるのだろう。

砂浜で、一人で遊んでいた子供がいた。しかし、波に攫われたところまでは見ていない。四半刻ほどして、浜に出たときには子供はいなかったと職人の一人が口にしていた。

——誰も見ていないのか。

音乃は思うと同時に、船大工からもう少し詳しく話を聞きたい衝動に駆られた。近所の人に問うと、船大工の仕事場はすぐに分かった。音乃が訪れると、生憎《あいにく》と昨夜の職人は二人とも出払っていた。霊巌島に近い本湊《ほんみなと》町にある『河口屋《かわぐちや》』という廻船問屋の、船の修理に出向いているとのことであった。

北にまだ八町ほど歩くが、ちょうど帰り道に当たる。都合がよいと、音乃は道を急いだ。

佃島が対岸に迫ると、そこは大川の河口である。

遥か遠く奥秩父《おくちちぶ》の、甲武信岳《こぶしだけ》の頂上近くに降り落ちた雨の滴《しずく》が、沢の渓流と化して流れ落ちる。水の流れはやがて荒川《あらかわ》となって関東の平野を下り、千住《せんじゅ》から南に向きを変えると隅田川と名を改め、滔々《とうとう》と流れる大河となって江戸湾に注ぐ。

音乃が今立つ場所は、その河口から二町ほど南の十軒町《じっけん》と名がつくところであった。その十軒町の一角に『島方会所《しまかたかいしょ》』と、看板のかかった建屋があった。大文字の下にある小文字を読むと『伊豆国《いずのくに》附島々産物交易会所』と書かれてある。大島《おおしま》から八丈島《はちじょうじま》にわたる伊豆諸島の物産を一手に取り扱う、幕府管理の専売所であった。

この島方会所はもう一つの役目を担っている。伊豆諸島に就航する廻船に、流罪《るざい》となった流人《るにん》を運ぶ、島流しの発着所でもあった。『——ここから、春夏秋と年三回流人を乗せた廻船が出航するのだ』と、以前丈一郎が語っていた薀蓄《うんちく》を、島方会所の看板を見ながら音乃は思い出していた。

罪人を運ぶ就航の季節は逸れたか、会所の桟橋には艀《はしけ》のような小舟が一艘繋がれているだけだ。その舟に、素肌に半纏一枚を被せた男たちが五人ほど乗り込もうとする姿を音乃は目にした。

荷を運ぶ人足たちであった。

すると人足の一人が桟橋の先端に立ち、二町ほど先の沖合いを見ている。海の男たちだけに、遠目が利く。

「おい、どうしたい？」

「あれを見てみろい」

男たちの視線の先には蹴鞠《けまり》ほどの大きさの、球状の浮かしがいくつか並んで浮かんでいる。大型船に座礁の注意を促す、浅瀬を示す目印であった。浮き球同士は綱でそれぞれが結ばれ、ところどころ水杭で縛られ流れを止められている。

「おい、浮かしに何か引っかかっているぞ」

「あれは、人じゃねえかい」

人足の声に、音乃も視線を向けた。そんな光景を、音乃は一月《ひとつき》ほど前にも見ている。それは船頭の源三が、外濠は虎ノ門《とらのもん》の橋脚に引っかかって浮かんでいた姿であった。

「もしや？」

と一言発すると、音乃は桟橋に駆け寄った。カタカタと、桟橋の床板を音乃の草履《ぞうり》が鳴らす。

「どうかしたかい、娘さん」

人足の一人が音乃に気づき、声を投げた。

「あそこに浮いているのは……？」

音乃の目にも、それが人であるのは分かる。水面に浮いているのは、どす黒く水を含んだ着物のようだ。鼠色でも紺色でも、濡れれば黒くなる。それだけでは、鉄太郎とはまだ言えない。

「娘さんの、知っている人かい？」

「いいえ、なんとも。ですが、心当たりがあります。きのう、浜で遊んでいた……」

音乃の声は甲《かん》高く、浜に打ち寄せる潮騒《しおざい》と混じった。

「そいつはいけねえな。すぐに行ってみようぜ」

一人の声かけに、男五人が艀に飛び乗った。

「みんなで乗ることはねえ。一人は、会所の旦那を呼んできてくれ」

「分かった」

一人が下りて、会所へと向かった。

「わたしも乗せていってください」

音乃が艀の縁を跨ごうとすると、

「いや。女は艀に乗せねえことになっている。これは決まりごとなので、勘弁してくれ。すぐに連れてくるから、ここで待っててくれ」

両手を広げられて、拒まれる。駄々をこねて言い合っては、それだけ時を失う。

「お願いします」

音乃は頭を下げて、桟橋で待つことにした。

「鉄太郎ではありませんように」

祈る気持ちで手を合わせ、音乃はいく度も口にする。

遠くから「よっせの、せっ」と、漁民が網を引き揚げるような、掛け声が聞こえてきた。

そして――。

「こいつは、子供じゃねえか」

人足の声が耳に届くと、音乃は全身に氷水を浴びせられたような、戦慄を感じていた。

やがて艀が栈橋へと近づいてくる。人足たち四人の手で、遺体は栈橋へと寝かせられた。

「一晩以上海水に浸かっていりゃ、そりゃ顔形では誰だか分からなくなるよな」

真水と海水では、腐敗の度合いが異なるようだ。

面相は、潮水を吸って丸々と膨れ上がり、男か女かも区別がつかないほどだ。髷《まげ》は解け、ざんばら髪となっているが、それでも前髪を残した月代《さかやき》から男児であることは間違いない。それも、武家の子供に見える。

音乃は目を背《そむ》けることなく、まじまじと遺体の顔を見やった。

——似ている、けど違う……。

顔だけ見れば鉄太郎とも言えるし、そうでないとも言える。だが、この一年音乃は鉄太郎の顔を見ていない。一年もすれば、子供の顔は変わるものだ。顔だけで鉄太郎と断定することは、音乃にはできない。

だが、音乃が愕然とするのは、遺体が着ている着物にあった。濡れているのが乾けば色が薄くなり、小袖は鼠色、袴は茄子紺《なすこん》色となるだろう。顔は判別しないものの、齢《とし》恰好から体つき、着ていた着物の色からもあまりの符合である。これだけ証しがそろえば、音乃としても認めざるをえない。

「今すぐ、家の人を連れてまいります」

うな垂れたまま、か細い声で言った。

「なんて言ったか聞こえんかったが？」

人足の一人が問うた。

音乃は、肚《はら》を据えた。

悲しみにくれている暇はない。

「この子の家族を連れてくると言ったのです」

顔をくしゃくしゃにさせ、怒鳴る口調で一気に音乃は言い放った。

「怒鳴ってごめんなさい。もしかしたら、わたしの甥っ子かもしれません」

断定しないのは、心底まで信じる気にはなれなかったからだ。

「この子を見ていていただけますか？」

すると、音乃の背中から声がかかった。

「会所に運んでおくから、早く行ってきなさい」

振り向くと、五十歳前後と見られる紋付羽織を纏《まと》った『島方会所』の頭《かしら》らしき男が、悲痛な顔をして立っている。幕府の直轄なので、会所は役人が仕切っている。その姿は商人ではなく、侍であった。

音乃は自らの心に鞭を打ち、奥田家へと引き返すことにした。よろめく足で、桟橋から下りたが、それから先は着物の裾をからげ上げての速足となった。

鉄砲洲の十軒町から奥田家までの、十五町ほどの道を引き返す。

七

血相を変えて音乃が引き返してきたのを、仙三郎は怪訝な顔をして迎えた。

「お義兄さま……」

声が嗄《か》れ、顔が引きつる。咽喉元《のどもと》が張り裂けるほどの痛みを感じたが、音乃は無理にも声を発した。

「こっ、子供のご遺体が揚がりました」

鉄太郎とは、どうしても名が出せない。

「どこでだ？」

「鉄砲洲の島方会所……」

音乃の渇ききった咽喉では、これだけ言うのが精一杯であった。

「すぐに、行こう」

仙三郎は、家来の住まう長屋に声をかけ、六人の足軽を集めた。会所まで引き返すに、息を整える必要がある。その間に音乃は裏から勝手口に回ると、甕《かめ》の水を柄杓《ひしゃく》で掬《すく》い、たてつづけに三杯飲んだ。冷水が通り、焼けついたと思われた咽喉が潤いをもった。

一行八人は走りに走り、音乃が向かってから四半刻もかからず現場に引き返すことができた。

島方会所の裏庭に、戸板に載せられ莚《むしろ》が被せられた遺体が置かれている。

仙三郎が、震える手で莚をつまむと、ためらいを見せるように、ゆっくりとめくり上げた。奥田家の家来衆六人も、固唾《かたづ》を呑んで上から遺体を見やっている。目を背けるのは、莚をめくる仙三郎だけだ。

音乃はすでに遺体と面しているので、仙三郎の様子を傍からうかがっていた。父親が人目もなく取り乱すのではないかと、そこが音乃の不安であった。

「てっ、鉄太郎……」

低く呻くような声を、仙三郎は発した。頭の先が地面に向くほどがっくりとうな垂れ、肩と背中が小刻みに震えている。嗚咽を堪えてそれ以上に取り乱さないのは、覚悟を決めていたからだろうと音乃には取れた。

「お子に、間違いありませんかな？」

しばしの時を待って、会所の頭《かしら》が気の毒そうにくぐもる声で訊いた。

仙三郎と六人の家来が、そろってうなずきを見せた。一人も『違う』と言う者はいない。

戸板に眠る遺体は、奥田鉄太郎と決めつけられた。

溺死とあれば不慮の事故である。事件性はないと、鉄太郎の帰宅は認められた。そんな判断も、会所の頭としてできる。流刑になった咎人を、離れ小島に送り出す役目でもあるのだ。

悲しい報せを、巽家にももたらせなくてはならない。音乃は、仙三郎たちと別れ、一度霊巌島に戻ることにした。

「母上と、お姉さまが……」

気がかりなのは、母親の登代と姉の佐和である。鉄太郎の遺体と対面したと同時に、どうにかなってしまうのではないかと音乃は案じた。

「自分は鉄太郎の父親です。義母上《ははうえ》と佐和のことでしたら、拙者にお任せくだされ」

「くれぐれも、よろしくお願いします」

一抹の不安を感じながらも、そう返すよりしようがない。

鉄砲洲の島方会所から佃島の奥田家に、戸板に乗せられ変わった姿で戻る鉄太郎を、音乃は合掌しながら見えなくなるまで見送った。

「ご雑作をおかけしました」

遺体を引き揚げてくれた会所の人足たちに礼を言い、音乃は霊巌島の家へと向かった。

三角洲の佃島が対岸に見えれば、そこから江戸湾は隅田川となる。江戸の人たちの呼称では、大川《おおかわ》である。

佃島の北側は幕府御用地で、無宿人《むしゅくにん》を更生させる人足寄場《にんそくよせば》がある石川島《いしかわじま》となる。川向こうに人足寄場が見えてくれば、そこは船問屋と酒問屋の多くが倉の軒を並べる本湊町である。遠く上方《かみがた》から運ばれる物品が、この地に集約されて下ろされる集荷地でもあった。

大型船から荷を担ぎ下ろしている、人足たちの姿が音乃の目に入った。着込む半纏の背中に『河』の一文字が白く抜かれている。廻船問屋『河口屋』の印半纏《しるしばんてん》であった。灘《なだ》の酒が詰まった四斗樽《しとだる》を、たった一人で軽々と持ち上げている。そんな剛力を目にしても、音乃の頭の中は別のところを向いていた。

昨夜会った船大工の職人たちが、ここで船を修理していると聞いている。鉄太郎が見つかったと告げていこうかと足を止めるも、音乃は思い留まった。先を急ぐのと、職人たちには関わりのないことで、仕事の手を煩《わずら》わせては申しわけないと思ったからだ。

道は、河口屋の店先を通る。軒下から地べたに張られた、茄子紺色の日除《ひよ》け暖簾《のれん》の前を音乃がさしかかったところであった。

「それでは、必ず船を出すようしかと頼んだぞ」

「はい。念を押されなくても、かしこまってございます」

と言いながら、店の中から二人の男が出てきた。一人は羽織袴に、白柄《しらづか》に赤鞘《あかさや》の帯刀をした三十歳前後の侍で、もう一人は四十歳半ばの商人であった。河口屋の主人であろうか。客を見送るにしては悲しみに浸るような、伏目がちの陰鬱な表情に音乃の気が止まった。何かあったのかしらと思いつつも、音乃の頭の中は鉄太郎のことで一杯である。そのとき、一瞬向いた侍の視線から目を逸らし、音乃は足早に河口屋の前を通り過ぎていった。

巽家に戻り、音乃は丈一郎と律にすべてを語った。

語り終えても丈一郎はうつむいたまま、艱苦《かんく》に耐えている。律は、目に手拭いを当て、口からは嗚咽が漏れている。

しばらく巽家は、深い哀傷《あいしょう》に包まれていた。

「それで……」

ようやく丈一郎が、重そうに頭を上げた。

「このあと、奥田家はどうすると？」

「甲州道の府中あたりにいると思われます父上を、呼びに行っております」

「義兵衛様も、さぞやがっかりなされるだろう。気持ちは痛いほど分かる」

　丈一郎も、実の息子である真之介を、野盗の凶刃の手にかかって失っている。不慮に子供を亡くす気持ちに変わりはなかろう。音乃はふと、夫であった真之介を思い、目尻に袖を当てた。

「それで、これからどうなさるのかな？」

　気を持ち直し、丈一郎が訊き返した。

「すぐに、ご葬儀の準備に入るとか……」

　丈一郎の問いは、弔いの段取りのことに向いていると音乃は取った。

「いや。そうではなく、世継ぎのことだ」

　男児がいなくなれば、貴子が婿《むこ》を取ることもあろう。現に三姉妹の奥田家には、実子の男児はなく、仙三郎という婿がいる。跡取りに関しては、なんとかなるであろう。むしろ巽家のほうが心配だ。丈一郎はそれで気にしたのだろうと、音乃は思った。真之介が存命のうちに、男児を産んでおかなかったことが、今さらになって悔やまれる。

「申しわけございません」

　音乃の気持ちが、言葉となって表れた。

「あなた、ずいぶんとお気が早いご心配をなさりますのね。音乃が気に病んでいるではございませんか」

律が、丈一郎の問いをたしなめるように言葉を返した。

「いや、こんなことを訊くのは音乃のこととも若干関わりがあってな」

「わたしに関わりがあるとは、いかがなことでございましょう？　もしや、昨夜の梶村様とのお話で……」

音乃としては気になっていたが、鉄太郎のことで頭の中が一杯であり、口に出せずにいた。鉄太郎の遺体が見つかったからには、これからは影同心として気持ちを切り替えなくてはならない。

「それが、急を要するほど大したことではないのだ。いや、大したことでないと言うと、語弊《ごへい》があるがな。お奉行が心配なされているのは、当家のことであった」

「当家と申しますと、この巽家ということでございますか？　お奉行様がそんなご懸念を……」

音乃が言うお奉行様とは、北町奉行榊原主計頭《かずえのかみ》忠之のことである。六十歳を過ぎても、北町奉行という激務をこなす一廉《ひとかど》の人物として、音乃は尊敬している。逆に榊原からも『――江戸広しといえど、これほどの女はそうはおるまい』と、音乃は絶大な誉め言葉で称えられていた。

「そうだ、お奉行がだ。子がおらず、このままだったら跡取りがなく巽家はおれの代で潰《つい》えることになる。そこで、養子を迎えたらどうだと、お奉行の勧めであった。梶村様の話だと、お役を辞した者にお奉行が直々《じきじき》にこんなことを勧めるのは今までなかったことだという。考えておいてくれということであった」

真之介の妻であった音乃に、婿養子というわけにはいかない。巽家にとっても、世継ぎのことはこれから頭に入れておかなくてはならない重要な問題であった。だが、たったそれだけのことで、急な呼び出しなどあるのだろうか。丈一郎の話を聞いていて、音乃はふと疑問に思った。

「そこでだ……」

丈一郎の声音が、話しづらそうにくぐもっている。やはり話は、それだけではなさそうだ。

「お奉行は、音乃のことについて言及なされたそうだ」

「先ほどの、わたしと関わりがあるとのことですか？」

「そうだ」

「また、大奥《おおおく》からのお呼びでしょうか？」

一月《ひとつき》半ほど前の八月末に、十一代将軍徳川家斉《とくがわいえなり》の側室《そくしつ》として、音乃に大奥からのお召しがかかった。その件が、ぶり返したとすれば、また厄介なことになる。往生際《おうじょうぎわ》の悪い将軍様だと思っても、口に出せないもどかしさがあった。

「いや。大奥ではないが、似たような話だ。音乃の縁談ということではな。巽家に養子という話は、そこに関わってくる」

「とんでもございません、縁談なんて。わたしは、いつまでも真之介さまの妻でございます。この家から出ていく気は毛頭もございません」

声音《こわね》高くして、音乃が拒む。

「まあ話だけ聞け、音乃。おれと律とて、音乃を手放すのは嫌だ。それは、いつぞやも申したはずだ」

「左様でございますとも。音乃は、巽家の立派な嫁でございますから」

律が、傍から口にする。

「だが、あからさまに断っては、お奉行の顔を潰《つぶ》す。もちろん、お奉行は断ってもよいとおっしゃっているがな。そこでどうだろ、見合いだけでもしてやってはくれないかの？」

「駄目です。見合いだなんて、絶対に駄目ったらだめです。一度、見合いなんてしてごらんなさい。女としてのこの美貌に、この才覚。お相手は、音乃のことを気に入って、絶対に離しなんかしませんことよ」

口角泡《こうかくあわ》を飛ばし、猛反対をするのは律であった。どうして断ろうかと、おれも困っておるのだ」

「だが、お奉行の面子《メンツ》もなくなるようでなあ。

縁談ならば、然るべき仲人《なこうど》を立ててもたらされるのが武家社会の倣《なら》いだが、ここは北町奉行直々の話である。それだけに、無下《むげ》にはできないもどかしさがあった。

「どちらからの、お話なのでございましょう？」

奉行の榊原も、義理に縛られることもあろう。音乃は、話だけなら聞いてあげてもよいと思った。これは榊原のためであり、むろんどんな話でも断るつもりであった。

「話を聞いたら、音乃は相手と会わねばいけなくなるぞ。会って気に入られたら最後、断るのがかなり難儀になると思え」

音乃の思うとおりにいくかどうか、身分が物を言う世の中である。丈一郎は、そのことを言いたくて口にした。

「お話を聞く前に、お断りなどできるのでございましょうか？　それでは、お奉行様の顔を潰すことになるとお義父さまも分かっておいでだと、今しがたおっしゃられました」

「そうは言ったが……だがのう……」

丈一郎の口調に、困惑した様子がうかがえる。

「わたくしなら大丈夫です、お義父さま。将軍様を袖にしたことがございますから」

この経験が大きな自信となっている。どんなことになれ、音乃の気持ちは揺らぎがないと強調した。

「そうだったな」

一月半《ひとつきはん》前のことで、丈一郎もよく覚えている。

「将軍様と比べたら、たとえどんなお偉いお方でしょうが月と鼈《すっぽん》。うまくかい潜《くぐ》ってみせます」

「分かった。お奉行も無理にとは言わなかったそうだが、音乃の言うとおり義理もあろうからな」

「はい。ところで、どちらのお方かまだうかがっておりませんが」

どうせ断る縁談の相手など、知ったところでなんの意味もないが、一応音乃は問うた。

「将来を嘱望された旗本ということだ。まだ二十八歳と若くして、家督を継いだばかりだそうだ。これは若年寄《わかどしより》様からの話でな」

なるほど、若年寄からの推挙では断りづらかろう。音乃は得心をして、小さくうなずいて見せた。

「お旗本とは、どこのご家中でございますか？」

「船手頭《ふなてがしら》向井《むかい》家の血筋で、今は書院番士《しよいんばんし》を勤める向井正孝《まさたか》というお方だそうだ。これまで妻女《めと》を娶ったことはなく、まだ独り身でな。相当な好男子で、仕事においてもかなりの遣り手《やりて》で出世頭ということだ。将来は、書院番から京都《きようと》奉行を経て、目付《めつけ》にまで見込まれる人物とのことだ」

丈一郎は持ち上げるが、それほどの男なら妻女になりたいという女は引く手数多《あまた》いるだろう。それが二十八まで独り身であるというのが、音乃には解《げ》せなかった。

若かろうが、好男子で遣り手だろうが音乃とすればどうでもよいことだ。ふーんと気のない返事を漏らしながら、丈一郎の話に聞き入っている。

「まあ、いずれ仲人口だろうから話は半分に聞くとして、お奉行様の顔を立てるため、とりあえず会ってみることにするか」

「ですが、今は鉄太郎のことで頭が一杯です。できましたら、鉄太郎のお弔いが済んでからお会いするということで……」

「ああ。ときはなるべく早くということだが、急《せ》かしてはおらんかった。今は縁談どころではないからの、そう伝えておいてもらおう」

「そうしていただけると、今は鉄太郎のことだけに気持ちを向けられます」

甥の不幸である。動転した気持ちが鎮《しず》まるまでは、奉行の顔を立てるどころではない。

夕方、音乃は再び奥田家へと赴《おもむ》くことになっている。

「ならば、おれも弔問に訪れようか」

「そうしていただければ……」

律は葬儀にだけ出ると、今は巽家の留守を守ることになった。

第二章　この子どこの子？

一

昼八ツを報せる鐘が鳴り、半刻ほどして音乃と丈一郎は奥田家へと向かった。

二人とも普段着であるが、着物の色は黒っぽい地味なものであった。泊まりも考え、音乃が喪服の入った風呂敷包を抱えている。丈一郎は、黒の紋付羽織を纏えばそれだけで、喪を示す装いとなる。

遠回りになるが、鉄砲洲の海べりを回り築地へと向かうことにした。丈一郎に、鉄太郎が見つかった現場を見せておきたかったからだ。

稲荷橋を渡り鉄砲洲に入ってから、二町ほどきたところであった。そこは、廻船問屋『河口屋』から、半町ほど手前のところである。

このあたりは大川も、波よけの護岸がされている。

眼下に見える大川端の深瀬に、五百石船と見られる大型の荷船が一艘停泊している。

桟橋に下りる階段から、職人らしき男が一人堤《つつみ》へと上ってきた。

「おや?」

音乃と向き合う形となったのは、三十代半ばの船大工であった。

「昨夜《きのう》築地の浜で、お会いしやせんでしたかい?」

「おや、あなたさまは……」

「さまと呼ばれるほどのことはねえですが、あっしは熊吉《くまきち》といいやす。それで、甥《おい》ごさんは見つかりやしたんで?」

「それが……」

ここは心配をしてくれている礼儀と、音乃は島方会所でのあらましを語った。

「なんですって!」

他人の不幸を悼《いた》むにしては大げさと思えるほど、熊吉が頓狂《とんきょう》な声を上げた。

「ちょっ、ちょっと待っておくんなさい」

血相を変えて、熊吉が走り去っていく。

「どういうことだ、音乃?」

熊吉が河口屋へと向かうその間、事情が分からない丈一郎に、音乃は昨夜のことを口早に語った。

さほど待つ間もなく熊吉が、四十代半ばの、恰幅《かっぷく》のよい男を連れて戻ってきた。先刻、店先で見かけた男である。

「河口屋の主《あるじ》で、彦衛門《ひこえもん》と申します。もしや、その子は……」

挨拶もそうそう、河口屋の主は驚くことを口にする。あのときの、悲痛な表情はこれであったかと、音乃は今にして思う。

「手前の子供で、次男の波次郎《なみじろう》ではないかと」

と、彦衛門が言ったところから、話は複雑な様相を示すことになっていく。

そのころ奥田家では、鉄太郎の葬儀の準備が着々と進められていた。

三部屋ぶち抜きで襖が外され、上座に祭壇が拵《こしら》えられている。

戸板に乗せられた遺体は体を清められ、一度蒲団に寝かせられた。しかし、鉄太郎の変わり果てた姿を見るに忍びないと、子供が入るほどの小ぶりの早桶が用意され、すでに納められて安置されている。

今は誰も寝ていない蒲団の上には守り刀が置かれ、枕元に設《しつら》えた枕机からは、もくもくと線香の煙が立ち昇っている。

家長の奥田義兵衛が府中から早馬を飛ばし、屋敷へと戻ったのが四半刻ほど前の、昼八ツのころであった。

変わり果てた鉄太郎と対面をし、義兵衛は悲しみに打ちひしがれたまま早桶に向けてしきりに念仏を唱えている。着替えもせずに旅装束のまま、ずっと祭壇の前に座りきりであった。

「南無永劫尊仏心経　南無永劫尊仏心経　南無永劫尊仏……」

奥田家の宗旨は、鎌倉《かまくら》時代に鳥海上人《ちょうかいしょうにん》により開祖された永尊宗《えいそんしゅう》である。永斉宗《えいさいしゅう》の開祖斉然《さいねん》上人の流れを汲むが、独自の論法を生み出すも邪宗とされて破門されただけに、世の中には馴染みの薄い宗派であった。

人として生まれ出《いず》る者はすべて、仏の掌《てのひら》の中で無限劫《むげんこう》のごとく、生と死を繰り返すという教えである。根本は、死を恐れずに命を軽んじると取られる思想だけに危惧が伴うとも解釈され、そんなところが邪宗とみなされた要因だったのだろう。

百八つ珠《だま》の数珠《じゅず》を手にからめ、拝む義兵衛の姿に悲愴が漂っている。

「鉄太郎……」

やがて数珠の音がやみ、義兵衛のくぐもる声が早桶に向いた。

「おまえはこれから、どんな姿でこの世に生まれてくるのだ？」

生と死を繰り返す教えに則《のっと》り、早桶に語りかけるように義兵衛が問うた。むろん、返事はあるはずもない。

「そうか。また、わしのところに生まれてきたいとか」

義兵衛には、そのように聞こえてくるらしい。

「ならば、今度わしのところに生まれてきたならば、海などに負けぬような強靭な体に鍛えてやる。それと、誰にも負けぬ強い男に育ててやるぞ」

今は死んだが、必ずどこかで生き返るという宗旨の教えに従えば、いく分心が救われるようだ。義兵衛の顔に浮かんだ、孫を失った悲愴感は、念仏を唱えていくうちに和《やわ》らいでいった。

「必ず、わしのところに……」

義兵衛が言葉を止めたのは、仙三郎の声が聞こえたからだ。

「義父上《ちちうえ》、よろしいでしょうか？」

独り言のような鉄太郎への語りかけを止め、義兵衛が振り向いた。

「仙三郎か。いいから入れ」

「義父上、このたびは申しわけございませんでした」

畳に額を擦りつけて、仙三郎が詫びている。義兵衛が戻ってから、仙三郎とは初めて向かい合う。これまで、部屋には誰も近づけぬよう言いおいたからだ。

「拙者めが注意を怠ったため、鉄太郎がこんなことに……なんと、義父上に詫びてよいのか……」

仙三郎の声がくぐもっている。

「鉄太郎は仙三郎、おまえの子ではないか。どこにわしが、おまえを咎めることができよう」

義兵衛の心はかなり落ち着きをみせている。どれほどの罵詈雑言《ばりぞうごん》を浴びせられるかと、恐々としていた仙三郎の口から、ほっと安堵の息が漏れた。

「義父上からそうおっしゃっていただけますと、拙者も気が安らぎます」

「鉄太郎は無念であったが、また佐和と励んで丈夫な男児を産むがよい。それが鉄太郎の生まれ変わりぞ」

「はっ」

仙三郎がうなずいたそこに、菅井の声が聞こえてきた。

「ただ今、大目付の井上《いのうえ》様からのお使いとして、宮島《みやじま》様がまいっておりますが……」

「大目付様から？」

奥田義兵衛は、道中奉行も兼ねる大目付井上利泰《としやす》の配下に属する道中方組頭である。

「誰が、殿に報せを出したのだ？」

「はっ、拙者が。なぜにすぐに報せなんだと大目付様から、あとでお叱りを受けるのは義父上だと思いまして」

答えたのは、仙三郎であった。余計なことをしおってと、咽喉から出そうになった言葉を義兵衛は呑み込んだ。

「そうか。ならば、お通しなさい」

言い終わらぬうちに、

「このたびはご愁傷《しゅうしょう》さまで、なんとお言葉を……」

聞き取れぬほどの小声で弔意を表し、略式の裃《かみしも》を纏《まと》った宮島という、大目付井上の名代《みょうだい》が入ってきた。

「これは宮島どの、ご雑作をおかけ……お忙しきところ……」

職務は異なるが、同じ井上の配下に置かれ、義兵衛もよく知る男であった。身分は御家人で、旗本である義兵衛のほうが上である。

「大目付の、名代としてまいりました」

上司の名代となれば、上座に置かなくてはならぬ。座る位置を変えて、宮島に座を譲った。

大目付の口上を、宮島が名代として語る。

「このたびは、とんだことに相成り申した。任務は気にせず、ねんごろに孫君の菩提《ぼだい》を弔うようにとの仰せでございます」

「これはご丁寧なお言葉、痛み入ります」

使者の宮島に向けて、義兵衛と仙三郎が畳に額をつけて拝した。

「これは些少ですが……」

断りを言って、宮島が大目付井上からの弔慰金を差し出した。香典袋には、井上利泰と名がうってある。香典袋を持つと、ズシリと重い。二十両ほど入っていようか。

「これはかたじけない……いや、ご丁寧に……」

「それと、これはわれら大目付配下の同志から募ったものでございます」

もう一袋、香典が差し出される。袋には、同志一同と記されてあった。

「かたじけない……」

気持ちのありがたさに、義兵衛は深く頭を下げた。

香典を渡し、大目付名代の役目を終えた宮島は、早桶に向けて『南無妙法蓮華経』と、日蓮宗の題目を三遍唱え奥田家をあとにした。

その間、急報を聞いて駆けつけた近在の旗本や御家人、義兵衛の友人や知人が大挙して弔問に訪れた。通夜は明日だというのに、訃報を聞いていたたまれなくなったとのことだ。そのために、祭壇を見渡せる庭に焼香台が設えてある。庭から、早桶に向けて焼香をする。それぞれが、香典を持参しての弔問であった。

「鉄太郎ちゃん、なんで死んじゃったの？」

中には鉄太郎の友だちであろうか。子供の哀哭《あいこく》が、弔問客たちの悲しみを誘う。感極まって、おいおいと声を立てて泣き出す者もあった。

「ありがたいことよのう。鉄太郎、おまえのためにこれほど多くの方たちが悲しんでくれておるぞ。いつしか生まれ変わるならば、またわしのもとに来るがよい」

この日、義兵衛が見せた初めての涙であった。

二

遠く聞こえてくる鐘の音が、夕七ツの刻を報せる。

「仙三郎様、永尊宗堅相寺《けんそうじ》の仁海《じんかい》和尚様がお見えになりました」

菅井が、菩提寺の僧侶の来訪を仙三郎に告げた。

「おや、和尚様がもう来たと？　通夜はあしただというのに」

仙三郎が首を傾げたそこに、

「ごめんくだされ。少し早いと思いましたが、霊前にこれを供えておきませんと。ようやく戒名《かいみょう》が上がりましたので、さっそくお持ちした次第」

金襴《きんらん》の袈裟《けさ》を肩にかけ、紫の法衣を纏った仁海和尚が、両手で大事そうに紫の袱紗《ふくさ》を抱えて入ってきた。手には大粒の数珠もからげられている。

紫色の袱紗を開き、仁海和尚が白木《しらき》の位牌を取り出した。

四十九日法要までに用意される、本位牌の代わりに備えられる仮の位牌である。そこに、達筆な墨文字が書かれている。

「こんな戒名をつけましたぞ。いかがですかな、これでご子息も安堵して旅立たれることでございましょう。やがて、どこかに生まれ出《い》づるまで、菩提を弔うがよろしかろう。生あるものはみな……」

仁海和尚の説法を聞きながら、義兵衛と仙三郎が白木位牌に書かれた戒名を読んでいる。

『翔鉄懇凜童司延成居士』

と書かれてあるが、義兵衛と仙三郎が首を傾げている。

「お気に召しませんかな？」

「いえ、なんと読むのか……？」

義兵衛に恥は掻かせられないと、仙三郎が問うた。

「それはですな『しょうてつこんりんどうじえんせいこじ』と名づけました」

「童司と書かれておりますが、童子ではないので？」

間違いではないかと、義兵衛が指摘した。

「いや、それでよろしい。童司としたところに、この戒名の深い意味が込められておるのですぞ」

細かな意味は説かれなかったが、義兵衛と仙三郎は得心するように小さくうなずいた。鉄太郎が黄泉《よみ》の国で安楽に暮らし、いつしか現世で生まれ変われるとなれば納得もできる。

枕机に白木位牌を立て、仁海和尚が永尊宗の念仏を唱える。

「南無永劫尊仏心経　南無永劫尊仏心経　南無永劫尊仏……」

三遍唱えて、数珠の音が止まった。

「御仏《みほとけ》に引導を渡すのは葬儀にてですから、本日はこれにて。それまではお心お静かにしてお過ごしくだされ」

こうして、弔いの準備はおおまか調った。

音乃と丈一郎が、河口屋の主彦衛門と番頭一人を伴って来たのは、仁海和尚が引き取ってから間もなくであった。

「お父さま、お戻りになっておられまして？」

「おお、音乃か。一刻ほど前には、戻っておった。それにしても、とんだことになってしまった」

娘の前では弱気を見せぬ、義兵衛であった。

「お父さまの、ご気丈なこと」

実父の壮健そうな顔色を見て、音乃も安堵する。

「いっとき我を失くすまで打ちひしがれたが、いつまでも悲しんではおられんからな。これは、巽殿もご一緒で……」

義兵衛の顔が、丈一郎に向いた。

「このたびは、ご愁傷……」

むやむやとした口調で、丈一郎は弔意を述べた。はっきりと言葉にしないのは、奥ゆかしさからでもなさそうだ。

「そちらのお方たちは？」

音乃の背後に座る、彦衛門と番頭に義兵衛の目が向く。

「お忙しいところ、ご苦労さまでございます」

音乃の知り合いと取って、仙三郎が丁重に頭を下げた。

「手前は、鉄砲洲で廻船問屋を商う河口屋の主で、彦衛門と申します。この者は番頭で……」

「加平《かへい》でございます」

河口屋の二人が、畳に手をつき深く拝した。

「これはご丁寧に。拙者、道中奉行の組頭を務める奥田義兵衛と申す。これは、娘婿の仙三郎……」

「故人の父でござる」

旗本と町人なので、挨拶でも頭の高低が異なる。互いに対面が済んだあとも、河口屋の二人は動かずにいる。音乃と丈一郎も座ったままだ。

──弔問に来たのなら、なぜに真っ先に焼香をしない？

義兵衛が、訝《いぶか》しげに首を傾けた。それと、音乃と丈一郎とは、さほどの知り合いではないことが語りの様子からして伝わってきた。

——鉄太郎とも関わりがなさそうだし？

なぜに河口屋が弔問に訪れたと、義兵衛の顔の眉根が寄って、不審げな面相となった。

「実は、父上とお義兄さまにお話が……」

義兵衛の顔の変化に気づいた音乃が、居住まいを正して切り出した。

「話とは？」

音乃の様子に深い事情を感じた義兵衛は、不穏《ふおん》な面相で音乃を見やった。

「こちらにおられます河口屋さんのご次男で、波次郎さんというお方が、きのうから行方知れずとなっておりまして。詳しくお話をうかがいますと……コホン」

音乃は一つ咳払いをして、話に間を置いた。次の言葉を、義兵衛と仙三郎は口を挟むことなく待った。

「とても、それはとても奇遇のことなのですが、鉄太郎と波次郎さんは年恰好から、面相もよく似ておられ、なんときのうは着ている物もほとんど同じとのことでした。鼠《ねずみ》色の小袖に、茄子紺《なすこん》色の袴《はかま》を穿いたところまで。ただ異なるのは、武家と大店《おおだな》のご子息であるというだけで、見かけとは関わりのないところです」

「となると……？」

義兵衛と仙三郎の顔が、祭壇の前に置かれた早桶に向いた。

「手前の倅は、きのう佃島に行くと言ったきり、そのまま戻ってこないのです。心当たりを捜しましたが、見かけた人もなく……波次郎の足取りは、まったく知れずでして」

苦痛の面持ちで、彦衛門は語った。四十代の半ばであるが、急に十歳も齢《とし》が老けたと見られるほど憔悴《しょうすい》しきっている。

「きのうは海が荒れておりましたので、もしやと思っておりました。先刻音乃さまからお話をうかがい、一緒に来させていただいた次第でございます」

となると、今早桶の中で座しているのは、鉄太郎か波次郎かということになる。

「お父上、これは検《あらた》める必要があるのではないかと……」

「そうだな。彦衛門どのにも、確かめてもらう以外になかろう」

義兵衛も、承諾するほかにない。

「仙三郎も、よかろうかな？」

「異存はございません」

鉄太郎ではなく、人違いだとしたらどうなるのか。みな、そこまでは心の整理ができずにいた。

蓋《ふた》が外され、取り囲む全員の目が早桶の中に集中した。

「暗いな、はっきりと見えん。仙三郎、明かりをもってまいれ」

義兵衛が、娘婿の仙三郎に命じた。

やがて、手燭《てしょく》に載せた蠟燭《ろうそく》の明かりが早桶の中に向けられる。三角巾を被った頭のてっぺんが見えるだけで、面相までは分からない。

「やはり、取り出して見んとな」

音乃を除いた男たち四人の手により、遺体が早桶から出され、敷いてある蒲団の上に寝かせられた。

遺体は硬直して、さらに面相が変わってきている。もはや、鉄太郎とも誰とも顔からは判断ができない状態となっていた。

「いかがかな？」

義兵衛が、彦衛門に問うた。

「波次郎であるような、ないような……番頭さんはどう見る？」

彦衛門が番頭の加平に、答を委《ゆだ》ねた。

「さあ、どちらとも……波次郎さんであるような、ないような」

番頭からも、曖昧《あいまい》な答が返った。

双方に決め手はなく、似ているというだけで、どちらの倅かまでは見分けがつくものではなかった。

フーッと、場に一同のそろったため息が漏れる。目の前に、変わり果てた姿で寝ている遺体が、自分たちの子供であったらよいのかどうか複雑な思いにとらわれ、幸か不幸かの見境いすら失っていた。

同じ日の同じ刻、同じ齢の同じ背格好。同じ江戸湾で同じように波に攫《さら》われたと奇遇が重なる。

これだけ同じことが合わされば、短なる偶然では済まされない。

「このような場合、どうしたらよろしいのでしょう？」

音乃が、脇に座る丈一郎に訊いた。

「なんとも判断が下せんな。おれとて、こんなことは初めてだ。くじ引きというわけにはいくまい」

冗談とも取れる文言《もんごん》だが、丈一郎は真剣である。名奉行なら、的確な判定を下すのだろうが、元定町廻《じょうまちまわ》り同心ではいかんともしがたい。それと、当面の大きな問題として、目の前に寝る鉄太郎か波次郎の処遇である。どちらか決まらぬうちは、奥田家から葬儀を出すわけにはいかない。

みなが思案するそこに——。

「お姉さま……」

音乃が、佐和が近づいてくるのに気づき声を投げた。

今にも崩れそうな足を、下女に支えられかろうじて歩いてきた。

遺体が戸板に載せられ、屋敷に運ばれたのを見た瞬間に佐和は気を失った。いっとき気を取り直したように見えたのだが、実際に子供の遺骸を見て、気力が尽きたのであろう。別間に床が敷かれ、これまで意識を失っていたのであった。

「鉄太郎……」

蒲団に寝かせられている遺体を見ると、佐和は下女の手を振り払いすがりついた。

「ごめんよ、鉄太郎……」

人目をはばからず、佐和が号泣する。音乃ももらい泣きするか、目尻に溜まる涙を手巾で拭いた。

遺体が鉄太郎かどうか、誰も佐和には言い出せずにいる。しばしの間、佐和の慟哭《どうこく》だけが斎場となった部屋の中で聞こえた。

「鉄太郎……ん？」

佐和が遺体から体を放し、ふと小首を傾げた。

「どうしたのだ、佐和？」

夫の仙三郎が、様子が変わった佐和の背中に声をかけた。

「この子……」

「この子がどうした？」

義兵衛が、声高に問う。

「鉄太郎とは……」

「今なんとおっしゃって、お姉さま？」

音乃が、佐和の顔をのぞき込むようにして訊いた。

「鉄太郎では、ありません」

「えっ⁉」

きっぱりとした佐和の口調に、誰しもが仰天《ぎょうてん》の様相で驚愕の声を発した。

「なんだと？」

仙三郎の問いに、佐和は睨むように夫を見やった。

「あなた、父親だというのにお気づきにならないので？」

「いったい、どういうことだ？」

さすがに自分が腹を痛めて産んだ子である。母親とあらば、どんなに変わり果てても自分の子供かどうか、勘などに頼ることなく分別がつくのであろう。

「この子の肩口をご覧ください。鉄太郎には、左の肩に一文銭ほどの丸い痣《あざ》があるのをご存じないので？」

染みのような痣が、遺体の左肩にはついていない。

「そう言われれば……」

思い出したように、仙三郎も気づいたようだ。鉄太郎ではない、何よりの証《あか》しであった。

三

そうなると、河口屋の次男波次郎ということになる。

「波次郎……」

自分の子供と分かり、河口屋彦衛門が遺体にすがりついた。

「坊ちゃん……」

番頭の加平も、遺体の足元で号泣している。音乃は複雑な表情で、泣き伏す二人を見やった。

やがて、気持ちを取り戻したか、彦衛門の体が起き直った。

「奥田様のご子息ではないとすると、手前どもの波次郎ということで……番頭さん」

「はい」

彦衛門の呼びかけで、うな垂れていた加平の体が起きた。

「波次郎を運ぶ手配を……」

「かしこまりました。それでは先に戻り、若い衆を連れてまいります」

「ちょっとお待ちくだされ」

立ち上がる加平を止めたのは、義兵衛であった。

「ご遺体を運ぶのでしたら、当家の家来の手でお運びいたしましょう。仙三郎、菅井を呼んで……」

義兵衛の言葉が止まったのは、その菅井が入ってきたからだ。

「ただ今、河口屋のご新造《しんぞう》さんがまいられました」

菅井のうしろに立っているのは、三十歳半ばと見える彦衛門の妻女であった。

「お峰《みね》……」

と彦衛門は妻女に声をかけたが、夫には見向きもせずお峰と呼ばれた新造は遺体の傍へとすがり寄った。

「波次郎……」

佐和と同じような光景が繰り返された。無情な母子の対面に、誰しも悲愴の感は免《まぬが》れない。すすり泣きが、誰ともなく漏れる。

「波次郎……ん？」

お峰が遺体から体を放し、小首を傾げた。

「この子、波次郎とは違う」

「なんだと？」

彦衛門が、にじり寄って仰天の声を発した。

やはり佐和と同じく、さすが母親である。自分が産んだ子であるかどうかを、一目で見抜いた。

「波次郎の右足の脹脛《ふくらはぎ》には、小さいころに大怪我をした傷痕が残っているはずです。それがないということは、私の子ではございません」

死装束の裾がはだけ、右足の膝から下が露出している。自分の子供でないと、自信がこもるお峰の口調であった。

狐《きつね》に化かされたように啞然とするか、誰も言葉が出せず場は静かになった。

「となりますと、この子はいったいどこの子？」

静寂を破ったのは、音乃の声であった。

寝ている子が他人《ひと》の子であっても、喜ぶ者は誰もいない。他人の不幸もさることながら、自分たちの子はまだ見つかっていないのだ。

赤の他人と知れた今、目の前の子供の遺体をどうするかが先決である。

とりあえず出した結論は、永尊宗堅相寺に遺体を預かってもらうことにして、すぐさま仁海和尚を呼び戻すことにした。


幸いにも、季節は冬に向かうところである。遺体の腐敗も、夏場よりは進み具合が少なくて済む。それでも、あと四日が限度であろうか。その前に、遺体の身内を捜してやらねば、この子供は幼くして無縁仏となって埋められてしまうだろう。他人の子とはいえ、いたたまれなく不憫《ふびん》である。

「この子を、親御さんのもとに帰してやらなくては」

鉄太郎捜しが振り出しに戻ると同時に、遺体の親探しにも音乃は身を乗り出すことにした。

音乃の言葉が、河口屋彦衛門の耳に入った。

「でしたら、手前どもの子も捜していただけませんか。元御番所のお役人さまでしたら、ぜひともお願いしたいと……」

丈一郎に向けて、河口屋の三人が頭を畳につけて拝した。これまでの語らいの中で彦衛門は、丈一郎が元北町奉行所の定町廻り同心であったことを知っている。

「お子の探索は、奉行所に届けてはいないので？」

丈一郎が、畳に拝する彦衛門の月代に向けて問うた。

「一応目明しの親分さんにはお願いしたのですが、どうにも頼りなく。身を粉《こ》にして動いてくれなさそうで、埒《らち》があきません」

「そいつは、しょうがねえな」

とは言っても、丈一郎はあとの返事に困った。三人一遍の人捜しとなる。一人でもなかなか手に負えないのにどうしようかと、丈一郎は困惑した顔を見せた。

「お義父さま、その件であとでお話が」

音乃が、誰にも聞こえぬほどの声で、丈一郎の耳元で囁いた。

「よし、分かった。だが、河口屋さんにはなんと答える？」

「承《うけたまわ》ってください」

小声であるが、音乃の意志が感じられる。

「なんと！」

音乃の承諾に、丈一郎の驚く顔が向いた。声も大きかったので、場の視線も二人に集中した。

「分かったから河口屋さん、お手を上げてくだされ」

「それでは、波次郎を捜していただけると？」

「ただし、ご希望に添えなくても、お恨みにならぬように」

胸を叩くほどの自信はない。一言添えて、丈一郎は肩の荷を軽くした。

「ぜひとも、よろしくお願いします」

河口屋の三人は、さらに畳に額をこすりつけ嘆願すると、奥田家をあとにした。

それから四半刻のち、町駕籠《かご》に乗って再び仁海和尚が駆けつけてきた。

「寺に戻ったら、すぐに来てくれと。往復というのも、いささか疲れ……」

「まあ、そう言わず。ちょっと、大変なことになりましたので」

仁海和尚の愚痴《ぐち》を、義兵衛が遮るように言った。

すでに遺体は、再び早桶に納められている。その早桶に向けて、仁海和尚は永尊宗の念仏を三遍唱えると、体を反転させて向き直った。

「お使いの方から、事情はお聞きしました。さぞや、お困りでございましょうな」

「それで、このご遺体を和尚様のところでお預かり願えないかと……」

義兵衛が頭を下げて願い出た。

「さようですのう……こんなことは前代未聞のことで」

困惑した表情を向け仁海和尚は立ち上がると、早桶の蓋を開けた。それでも、話を聞いてくれそうな気配であった。

「仏の顔を拝見……ちょっと、明かりを」

手燭を持って、菅井が近づく。

「明かりを中に……」

言われたとおり、菅井が顔を逸らしながら、早桶の中の遺体に火の点《とも》る燭台を近づけた。

「どれ……」

仁海和尚が早桶に顔をつっ込んだと同時であった。

「うげっ」

遺体を見た瞬間に、仁海和尚の体が起き上がり、顔をしかめて口を押さえた。胃の腑の中から込み上げてくる不快なものを、必死で堪えている。僧侶だというのに、遺体を見て嘔吐したのでは沽券《こけん》に関わるとでも思っているか。

この半刻でもって、遺体に変化が起きはじめているようだ。

「これですと、預かれるのは三日が限度ですな」

仁海和尚が、苦渋の顔をして言った。

四日と思っていたのが、一日減ることになる。それだけ、親の探索は難しくなるということだ。

「それまでに親御さんが見つからなかったら、無縁仏として当寺で葬ってさし上げましょう」

予想していたことだ。それでも仕方がないと、音乃は思っていた。しかし、できる限り無縁仏などにはしたくない。

――鉄太郎に似ているのも、何かのご縁……えっ？

音乃の脳裏に、疾風のごとく閃くものが奔《はし》った。

「どうかしたのか、音乃？」

丈一郎が、音乃の顔色の変化に気づいて問うた。

「それも、あとでご一緒にお話を……」

「よし、分かった」

音乃に何か知恵が浮かんだと取ったか、丈一郎の大きなうなずきが返った。

このとき、奥田義兵衛と仁海和尚との間でやり取りがあった。

「身元の知れぬ、かわいそうなお子です。この子のご供養に。この二十両で、ねんごろに弔っていただけませんか？」

義兵衛が、仁海和尚のひざ元に袱紗で包んだ二十両を差し出した。

「それはそれは、ご奇特なお心がけ。ならば、埋葬まで当寺で弔うことにいたしましょうぞ。南無永劫尊仏心経……」

奥田家の家来たちの手で、身元不明の子供の遺体は、芝は愛宕山《あたごやま》近くの堅相寺へと運ばれることになった。

四

音乃と丈一郎が、奥田家をあとにしたのは、暮《くれ》六ツの鐘が鳴りはじめたころであった。

「お義父さま。これから梶村様のところにまいりませんか？」

この晩のうちに、音乃はどうしても与力の梶村との面談を取りつけたかった。

緊急とあらば、夜更けでも梶村は応対をしてくれる。それが梶村の、奉行と影同心の取次ぎとしての立場でもあった。

「そうだな。縁談の返事もせねばならんし」

梶村の屋敷がある八丁堀に着くまでには、とっぷりと日が暮れてしまう。奥田家の家紋である揚羽蝶《あげはちょう》が描かれたぶら提灯《ぢょうちん》を借り、音乃と丈一郎は八丁堀へと足を向けた。

まだ道は明るく、提灯に足元を頼るほどではない。

「音乃に何か考えがあるのか？」

歩きながらの話となった。

「はい。ふと思い浮かんだのですが、もしかしたら鉄太郎はどこかで生きているのではないかと」

「音乃もそう思ったか。実はおれもだ。しかし、今はただ勘だとしか言えんがの。音乃は、どこで鉄太郎が生きていると感じた？」

「あの早桶の子の、ご両親を捜し出してあげようと思ったときです。わたしの場合も勘にすぎませんが、あの子が代わりになって死んでくれたものと思えてなりませんでした」

「すると、河口屋の波次郎って子も？」

「はい。どこかで生きているような気がしてなりません。それと、鉄太郎と波次郎ってお子の失踪には、何かが関わっているのではと……」

「それで、河口屋さんには探索を引き受けると？」

「はい」

「どこで、関わると音乃は思った？」

「早桶の子も、二人の失踪と関わりがあるのではないかと頭の中をよぎりました」

「それが、あのときの顔色の変化か？」

「さすがお義父さまです。よく、お分かりになりました」

「何が音乃の顔色を変えさせたのだ？」

「着物の色です」

「着物の色だと？」

「はい。奇《く》しくも、子供たち三人の着ている物が同じで、それがこのたびの遺体取り違えの原因だったと」

「三人とも、鼠色の小袖に茄子紺色の袴ってことか？」

「早桶の子と、偶然にも着姿が同じで、齢恰好も同じで、面相も親が判別がつかないほど似ている。これって、何かないほうがむしろおかしいでしょう」

いつしか、身元不明の遺体は『早桶の子』と呼ばれるようになった。

「もしや、音乃は……？」

「もちろん、はっきりしたことは申せませんが……」

と断りを言って、音乃は語り出す。

「何か、とんでもない事件に巻き込まれている」

独りごちる音乃の口調に、

「……とんでもない、事件か」

丈一郎が呟きで応じる。考えて歩く分、足はゆっくりとなった。

「もしや、お奉行所のほうに事件の届け出があるかと思いまして。それには、梶村様にお訊きするのが手っ取り早いかと。それと、この件を詳しくお耳に入れておいたほうがよろしいかと存じます」

「おれも、そう思っていたところだ。今回は、こっちから事件をもちかけようではないか」

いつもは、案件は北町奉行榊原から、一番与力の梶村に伝わって音乃と丈一郎に密命がもたらされる。今回は、逆に話を持ち上げる形となる。

「ならば音乃、急ごうぞ」

丈一郎が得心したか、速足となった。

女の着物では、大股は無理だ。丈一郎は、音乃の速足に歩調を合わせることにした。

梶村の屋敷に着いたときは、提灯の明かりが役に立つほどに、とっぷりと日が暮れていた。

「梶村様は、お戻りで……？」

「はい。半刻前には戻っておられます。ご都合をうかがってまいりますので、少々お待ちを」

下男の又次郎の応対で、玄関の三和土《たたき》に立って梶村の返事を待った。

約束のない、急な来訪である。

「いらして、よかった」

北町奉行所から梶村が戻っていたことで、音乃の安堵の独り言があった。

廊下を伝わり、足音が聞こえてきた。

珍しくも梶村が、直《じか》に玄関先へと出てきたのには、音乃と丈一郎も驚きの表情をこぼした。

「二人そろって来たか」

身内が不幸に見舞われ、慌《あわただ》しい最中に駆けつけてきたとは余程のことが起きたのだろう。梶村自らの出迎えは、多分にそんな気持ちの表れであった。

梶村が、二人を部屋へと案内する。勝手知ったる屋敷の中だが、音乃と丈一郎は黙って梶村のあとについた。

「昨夜は、お呼び出しにも来られませんでした」

「そのことは、丈一郎に……まあ、よい。入れ」

部屋の前まできて、歩きながらの話が止まった。

梶村が、家に持ち帰った仕事をこなす部屋である。仕事をしていたか、文机《ふづくえ》の上には、調書《しらべがき》の書類などが堆《うずたか》く積まれている。多忙であることがうかがえ、音乃と丈一郎はいく分萎縮する表情を見せた。

「お忙しいところ……」

丈一郎が口にし、二人はそろえて頭を下げた。

「いや、別にかまわん。気にせんで、腰を下《お》ろしてくれ」

いつものとおりに向かい合う。いく度も訪れている部屋なので、おのずと座る位置が決まっていた。

「ところで、甥ごが大変なことになったらしいが、どうなった？」

座ると同時に、梶村の問いがあった。

「はい。実は、それがとんでもなく複雑な様相を示してまいりまして……」

「とんでもなく複雑な様相だと？」

梶村の体が、いく分前にせり出した。

「それにつきまして、梶村様にお心当たりがございませんかと思い、夜分にうかがわせていただきました」

「夜分はよいとして、詳しく最初から話してもらおうか」

「語るに長くなりますが……」

注釈をつけて、音乃は経緯《いきさつ》を語り出した。姪の貴子から聞いた話も交え、河口屋の件から、遺体の身元が不明であることまでを、詳細に四半刻ほどをかけて語る。

その間、梶村は一言も挟むことなく目を瞑り、腕組みをしながらじっくりと聞き入っている。

「とりあえず、身元不明のお子のご遺体は、愛宕山近くの堅相寺さんに預かっていただくことになりました。塩水に浸かってたせいか遺体の傷みが激しく、三日後には埋葬せねばならないそうです。それまでに、なんとか身元を探し出しお家に帰してあげたいと存じます」

音乃の、長い語りはそれまでであった。語りが止まるも、梶村はあらぬほうに顔を向けて、何やら考えている。

「やはりお奉行所のほうで、お心当たりがございましょうや？」

これまで黙っていた丈一郎が、梶村に問うた。

「いや、きのう奉行所のほうに届け出があってな。やはり、十歳になる男児が行方知れずになったとのことだ。しかし、音乃の話に出てきた鉄砲洲の海べりではなく、日本橋川沿いの、小網《こあみ》町での話だ」

「詳しく、お聞かせいただけませんか」

今度は、音乃が望んだ。

「わしは、あまり詳しくは聞いておらんが……」

筆頭与力とあらば、町人の子供の失踪まで詳しくは知らないであろう。文机に山積みされた案件の調書を目にして、音乃は仕方がないと思った。

「ちょっと、待て。その件の調書がこの中にあったな」

梶村が、積まれた書類の中から一冊抜き取った。

「これだ、これだ」

丁が三枚ほどに綴じられ、調書としては薄いほうだ。

梶村が声に出しながら、読みはじめる。

「小網町の宮大工甚五郎《じんごろう》の三男がだ、十歳になる三吉《さんきち》がいなくなったとだ。そいつに気づいたのは、日が西に傾く夕刻間近の七ツどきだったと。子供がその時限、遊びに出てるのはあたりめえじゃねえかと言うと……誰だ、こんな下手《へた》な文章を書くのは？」

読んでいるうちに、文の粗《あら》さに梶村が怒り出した。

「なんだ、高井《たかい》か。面倒臭さが、よく表れているな。いったいやる気があるのか、奴は？」

高井とは、音乃も丈一郎もよく知る定町廻り同心である。その手下で岡っ引きの長《ちょう》八《はち》は、元は音乃の夫である真之介についていた男である。どちらかといえば、高井よりも長八のほうが頼りがいがある。音乃はそのことを絡めて、頭の隅に置いた。

それでなくても江戸中の見廻りで、定町廻り同心は多忙に明け暮れている。子供の一人や二人、行方知れずになったところで眼中になさそうだ。そんないい加減なところが、文章に表れるのだろう。

このとき音乃は思い出していた。河口屋彦衛門の話である。

『――一応目明しの親分さんにはお願いしたのですが、どうも頼りなく』

推《お》して知るべしとの思いが宿る。

梶村が、調書のつづきを読み出した。

「あたりめえじゃねえかと言うと、きのうに限って違うんだと答が返った。なんでだと言ったら……」

読みづらそうに、梶村がつづける。しばらく読んだところで、

「それにしても、高井には注意しておかんといかんな」

調書の途中でひと区切りし、梶村が一言添えた。それでも、ある程度の意味は音乃と丈一郎にも理解ができていた。

五

要約すると、こういうことらしい。

夕方の七ツどきといえば、町人の男児ならば、外で元気に遊んでいるのが当たり前の時限だが、三吉に限って事情が異なるようだ。宮大工の甚五郎は、後継者を手先が器用な三吉と決めていた。幼いころからみっちりと鍛え、日本一の宮大工にするのが

甚五郎の高い望みであった。

昨日の八ツごろ、永代橋《えいたいばし》の袂にある高尾稲荷《たかおいなり》へ使いに出した。いつもなら用事を済ますとすぐに帰るはずだが、いつまで経っても戻ってこない。夕《ゆう》七ツを報せる鐘の音を聞いて、甚五郎は動き出し高尾稲荷を訪れた。しかし、高尾稲荷の宮司《ぐうじ》の話では、三吉は訪れていないという。これはおかしいと、番所に届け出たのが七ツ半ごろで、たまたま番所にいたのが高井であった。

梶村が、残り半分ほどの調書を読みはじめる。

「三吉の背丈は四寸一分……やけに小さい子供だな。匕首《あいくち》の柄《つか》ほどもないぞ」

読みはじめて、すぐに梶村が首を捻った。

「四尺一寸の、間違いではないでしょうか」

ならば、十歳程度の子供と釣り合う。鉄太郎も、そのくらいの背丈であったと音乃が説いた。

「だろうな。背丈は四寸一分でなく四尺一寸として、三吉の面相は色が白く、顔は丸みを帯び、いく分小太り……どうかしたか？」

梶村が読むのを止めたのは、音乃と丈一郎が顔を見合わせたからだ。

「いなくなったときの、お着物はどのようなものか書かれておられませんでしょうか？」

梶村の問いには答えず、音乃は焦りの帯びる声音で問うた。

「ちょっと、待て……おお、ここに書かれてあるな」

普段の仕事着を着込み、鼠色の作務衣《さむえ》で茄子紺色のたっつけ袴と書かれてあった。小袖に平袴とは縫製の仕方が異なるが、色は似ている。そして、頭は前髪の残った小《こ》僧髷《ぞうまげ》とくれば鉄太郎と波次郎、そして早桶の子たち三人の風体《ふうてい》と一致する。

さらに、音乃と丈一郎の驚く表情となった。

「となると、早桶の子は三吉ってことでしょうか？」

「しかし、見つかったのは鉄砲洲だぞ。小網町とは、ちょっとかけ離れているな」

丈一郎が、目尻を吊り上げて言った。

「たしかに早桶の子は、三吉さんではないと思えます。着ている物の形が違います。作務衣やたっつけ袴には、見えませんでした。ですが、色が同じというのが気になります」

音乃の語りを聞いていた、梶村の組んでいる腕が解《ほど》けた。ポンと拳《こぶし》で片方の掌《てのひら》を叩き、いく分身を乗り出した。

「音乃と丈一郎は、こんな話を知らんか？」

「いかがなことでございましょう?」

「この世の中に、人捨屋《ひとすてや》ってのがいるそうだが聞いたことがあるか?」

「ひとすてや……」

いやな言葉の響きである。

亡き夫の真之介から、この世に『人捨屋』なる稼業が存在するということを、音乃は聞いたことがあった。

人捨屋というのは、奉行所だけに通じる符丁で、一般には知られていない言葉である。大人や子供にかかわらず人を拐《かどわ》かし、然るべきところに売り飛ばす闇の手配師のことを奉行所ではそう呼んでいた。人捨屋の語源は、攫《さら》われて跡形もなくどこかに捨てられてしまうというところからきているらしい。

行方知れずとなり見つからなかった者はみな、人捨屋の仕業《しわざ》として疑ってかかった。しかし、人捨屋の実態まで知る者は、奉行所内でも誰もいない。

丈一郎は、同心時代にその名を聞いたことがあるという。しかし、奉行所でさえも未だに正体を把握してはいない。これまで解決してきた拐かし事件で、実際に人捨屋と見られる下手人が捕らえられたことは、一件もなかったからだ。それだけ巧妙に犯行をやってのける輩《やから》だけに、町奉行所としては対策すら講ずることもできず、ただ手

「本当に人捨屋なんて、この世にいるのでしょうか？　姥捨山《うばすてやま》というのは知っていますが」

実態が分からぬだけに、存在すらも疑わしいと音乃には思えていた。

「なんとも言えん。身代金目当ての誘拐ならば犯行を仄《ほの》めかし、証跡《しょうせき》を残すこともあろうが。言い換えれば、これまで未解決の拐かし事件はそういった者が絡んでいるからとも取れる。世間ではそれを『神隠し《かみかく》』などと呼んでいるがな。遺体すらも見つからず、かといって帰ってきた者は一人もいない。外の国に売られてしまうというのが、奉行所での大方の見方だ」

梶村からは、はっきりとしたことは聞けずじまいであった。だが、早桶の子はともかく、三人の行方知れずに共通することが一つあった。

「……脅迫状が届いていないこと」

もしも人捨屋の犯行とすれば、音乃はある意味これは喜ばしいことだと取った。少なくとも今は死んではいない。まだ三人は生きているということになる。

「……でも、拐かしが人捨屋の仕業《しわざ》だとしたら、なぜに同じ齢ごろで同じ色の着物を着た子供を狙ったのかしら？」

自分に、問いかけるような、音乃の長い呟きであった。

まだ人捨屋の犯行と知れたわけではないが、音乃は断定するようなもの言いで疑問を自分にぶつけた。

「おそらく、こんなことが考えられるな」

音乃の自問が聞こえたか、梶村が返す。

「どこかから依頼されて、似た子を物色《ぶっしょく》していたのかもしれない」

「なるほど。そうと考えれば、得心がいきまする」

丈一郎が、大きくうなずきながら梶村の言葉に相槌《あいづち》を打った。

「お言葉を返すようですが、よろしいでしょうか？」

「かまわん、いくらでも言葉を返してくれ。どんどん、音乃の意見が聞きたいのだ」

「ありがとうございます」

――これこそ上司の鑑《かがみ》。

意見を違《たが》えたとしても気に障ることなく聞く耳をもってくれる梶村が、この上なく頼りになる存在と、気持ちが音乃の礼に表れていた。

「これまで人捨屋の犯行と思《おぼ》しき拐かし事件は、なんの証跡も残さずにやってのけるため、お奉行所としては実態をつかめずにいたのでございましょう？」

「そのとおりだ。それで……？」

「このたびの、三人のお子の行方知れずには、立派な証跡が残されております。齢恰好から着ている物まで、しかも時を同じくする。あまりにも、偶然が重なります。そんな犯行を、むしろ人捨屋が犯すものでしょうか？」

「なるほど。そう言われてみればそうだな。わしの知る限り、人捨屋が絡んでいるとされる事件は、手がかりすらもつかむことができぬ巧妙な手口である。同時に数人も攫《さら》うということは、人捨屋ではありえんことだ」

「偶然の重なる前代未聞《ぜんだいみもん》のことだけに、相手の深い事情を感じますが、いかがでしょうか？」

すでに音乃の頭の中では、三人の子が水難事故に遭ったという考えは抜けている。この拐かし事件には、どのような隠された事情があるのか、音乃はそれを知りたくなった。

「なるほど。ならばだ、丈一郎と音乃……」

音乃の気持ちが通じたか、梶村が居住まいを正した。

「その深い事情というのを、二人の手で改めて探ってくれんか。お奉行にはわし……いや、拙者のほうから話しておく。事後承諾となるが、これはお奉行からの密命と取ってくれ」

梶村からの下命に、音乃と丈一郎は顔を見合わせうなずき合った。これで鉄太郎捜しは私事ではなく、北町影同心としての仕事となった。

「かしこまりました」

音乃と丈一郎も居住まいを正し、梶村に受諾の意思を示した。

梶村との話は、これで終わりではない。

「ところで、梶村様……」

丈一郎が話を切り替える。

「昨夜の話の件か？」

「左様で……」

「考えてくれたか？」

「巽家の養子縁組のことは、先に考えるといたしまして、音乃の縁談の話ですが……」

「むろん、断るのであろうな」

「いえ。見合いくらいなら、お受けしてもよろしいかと。無下《むげ》に断ってはお奉行様のお顔を潰すことになると、音乃は申しておりまして」

「しかし一度会ったら最後、縁組を断ることができなくるぞ。音乃を気に入ることは間違いないだろうし、なにせ相手は名門向井家の親戚筋で、七百石取りの旗本だからな。無理にも迫ってくるぞ」

梶村としては、音乃の縁談には反対の立場であった。

「できれば北町影同心を、末永く存続させたいと思っておるからの」

気持ちが、独り言のような小声となって表れた。

「お奉行も、わしと同じ考えでいるはずだが、なぜに音乃の縁談話など持ち込んだのであろう。たとえ若年寄からの勧めとはいえ、お奉行ならその場で首を振るだろうけどな」

梶村の考えに、音乃も同じ思いであった。

できないものはできないと、榊原ならたとえ相手が誰だろうと、毅然と断っているはずだ。それをいとも簡単に承諾した北町奉行の榊原に、何か考えがあってのことだろうと、音乃はこのときとらえていた。

「そのなんとかというお方と……」

音乃は抱いている気持ちを、内に抑えて口にする。

「船手頭向井将監《しょうげん》家の血筋で、今は書院番士を勤める向井正孝というお方だが……」

「そのお方と、お会いするだけでしたら……ですが、できましたら鉄太郎たちの一件を済ませたあとにしていただければ助かります」

「それはそうだ。余計なことが頭に入っていては、探索もしづらかろうしな。お奉行にはそう伝えておこう」

この夜の話はこれまでとなった。

よろしくお願いしますと話を納め、音乃と丈一郎は梶村の屋敷を辞した。

屋敷を出ると、辰巳《たつみ》の方角に十六夜《いざよい》の月が輝いている。

「鉄太郎、どこにいるの？」

音乃が呟くように、月に語りかけた。

「どこかに無事でいるのに決まっている。早く捜してやらんとな」

「ほかのお子たちのためにも……」

「明日から、忙しくなるぞ」

八丁堀から霊巌島に架かる亀島橋を、音乃と丈一郎は速足となって渡った。

六

翌日の朝、音乃と丈一郎は分かれて動いた。

丈一郎は大川端の廻船問屋『河口屋』に向かい、音乃は日本橋川沿いの小網町へと足を向けた、
亀島川と並行して、音乃は北に道を取った。川口町から霊巌島町を抜けると、日本橋川に当たる。湊橋《みなとばし》を渡り、箱崎《はこざき》町に出る。箱崎橋で堀を渡れば、そこが小網町である。佃島の漁師たちが魚河岸に水揚げしたあと、一帯に網を干したところから、町の名の由来があった。潮の匂いが、プンと鼻につくところである。

音乃は、宮大工甚五郎が住む家を探した。高井が書いた調書には、詳しく処までは書かれていない。しかし、小網町では名が通るか、甚五郎の家はすぐに知れた。

音乃は最初に訪れた青物屋《あおものや》で、赤ん坊を背負って店番をしているかみさんらしき女に訊《たず》ねる。

「このあたりに、宮大工の甚五郎さんてお宅は……？」

「それでしたら、この道をまっつぐ魚河岸のほうに向かって二町ほど行ったところに

「ところで、甚五郎さんの息子さんで、三吉って子はおられます？」

ついでにと、三吉のことを問うた。

「ええ。それがなんだか、おととい神隠しに遭ったようにいなくなったんだってねえ。三吉の身に何かあったらいけないからと、目明しの親分から騒ぐなときつく言われているもので、あたしは黙っているんですがね」

その指示を出したのは長八だと、聞いた瞬間に音乃はその名が脳裏をよぎった。それだけ気が利く岡っ引きは、ほかにはいないと音乃は思っている。一緒にひょろ長い顔も思い浮かべた。

それでも一応は問うて見るのが、探索の常道である。

「三吉さんがいなくなったことで、何かお気づきになったことはございませんか？」

「それがね……」

だが、かみさんの話はそこで止まった。顔の表情からして、大事なことを知っているようにも見える。

「何かご存じなのですね？」

語らないのは、長八から口止めをされているからと音乃は取った。

九兵衛店《きゅうべえだな》って長屋が……」

「目明しの親分から口止めされているのでしたら、その懸念にはおよびません。おそらくその方は長八親分だと……」

「長八親分を知っているのかい？」

「昔からよく……」

音乃は、ここで真之介の名を出してよいのかを迷った。出せば、奉行所の影同心であることが知れてしまうかもしれない。うまい表現を模索していると、

「あんた、名はなんてのだい？」

逆に、かみさんのほうから訊いてきた。

「音乃と申します」

「ほう、あんたが音乃さんかい。噂に違《たが》わずべっぴんだねえ」

「わたしのことをご存じで？」

「名くらいは知ってるよ。ずっと以前、長八親分から聞いたことがあった。亡くなった八丁堀の旦那の……」

「はい。北町奉行所同心でした、巽真之介の女房です」

「そうだったのかい。あの旦那には、昔世話になったことがあるからねえ……だったら、あんたにだけには話してやるよ。さっき神隠しなんて言ったけど、とんでもない

話さ」

宮大工甚五郎の家を訊ねただけなのに、思わぬ様相となってきた。

「あたしだけかね、三吉の姿を最後に見たのは……」

かみさんの語り出しであった。声音も自然と小さくなる。

「おとといの夕七ツごろだったかねえ、永代橋の袂《たもと》のほうに下りていく三吉を見かけてね、声をかけようと思ったんだけど足が速くて。なんだか、急いでいたみたいだった。橋の下に何があるのかと見てたんだが、なかなか三吉が上がってこない。すると……」

「すると、どうなりました？」

ここが大事だと、音乃は上半身をいく分前にせり出して問うた。

「少し大ぶりの舟が永代橋の下から出てきて、その舟には六、七人乗っててその中に、子供らしいのが二人交じっていたのさ」

「子供らしい……どんな子でした？」

高ぶる声で、音乃が問う。

「遠目なんでよく顔は見えなかったけど、どうも一人は三吉らしかった」

「その舟は、どちらに？」

「江戸湾のほうに下《くだ》って行ったけど」

舟に乗せられていたのが三吉だとすれば、明らかに拐かしである。それと、もう一人子供が乗っていたという。

――もしや、それが鉄太郎？　いえ、波次郎さんかもしれない。

どちらとしても、大きな手がかりである。音乃の顔色が、にわかに変化をきたした。

「どうかしたのかい？」

音乃の様子の変化に、かみさんが怪訝《けげん》そうに訊いた。

「いえ、なんでも……」

鉄太郎の失踪を、赤ん坊を背負ったかみさんに話しても詮《せん》ないと、音乃は答をはぐらかした。

「三吉は、拐かしに遭ったのかい？」

「ですから、長八親分は黙っていてとおっしゃったのですわ。攫われた子の、命が危ないですから」

「ああ、恐ろしや」

騒いではいけない理由《わけ》を、かみさんは悟ったようだ。肥った顔面が能面のように白くなり、糊《のり》を塗ったように強張《こわば》りを見せている。

「この話を、長八親分とわたしのほかに誰か？」

「いや、亭主にも話してないさ」

「これからも、そうなさっていただけますか。それと、もう一つ訊きたいのですが、そのとき三吉さんはどんな色の着物を着てました？」

御用の筋のような問い立てに、

「音乃さん。あんた、そんなにべっぴんなのにまるで目明しみたいだね」

怪訝そうな、かみさんの目が向いた。

「いいえ。目明しではありませんが、亭主の遺志を継いでちょっとお上《かみ》のお手伝いを……」

お上と言えば、町人はおおまか得心をしてくれる。訝《いぶか》しがる相手には、こう出るのが一番と、いつの間にか音乃が心得るところであった。

「へえ、そんなお嬢さんみたいな形《なり》をして、かっこいいもんだねえ。それで何かい、どんな着物を着てたってのかい？」

「はい。覚えておられたら……」

「袴は、こんな色をしていたねえ」

戸板に置かれた、季節外れの萎《しな》びた秋茄子《なす》を指差してかみさんが言った。茄子紺色というやつである。

「上は……」

青物屋のかみさんの目が、泥のついた里芋《さといも》を向いている。

「そうだ、この里芋と同じだったね」

鼠色ではなく、黒に近い土色である。ならば、調書にあった姿とは違ってくる。

「里芋の皮を向くと、中は鼠色だろ。そんな色の小袖だったねえ」

作務衣とたっつけ袴では形は異なるが、やはり三吉は同じ色の着物を着ていた。

――鉄太郎とも、合い通じる。

だとすれば、まだ鉄太郎の命はある。音乃の心の奥は、灯火が点《とも》るような暖かみを感じていた。

青物屋のかみさんから聞けることは、ここまでであった。あとは長八を捜して、どこまで探索が進んでいるかを聞けばよい。

「かわいいお坊ちゃんでちゅねえ」

かみさんが背負う、ゆで蛸《だこ》のような顔をした赤ん坊の頬を撫でながら、音乃は幼児言葉で世辞を言った。

「この子は、女の子でしてね」

音乃は頭だけ下げて詫びを示し、青物屋をあとにした。

疑問が、音乃の独り言となって口から漏れる。

「三人の子を、誰がいったい連れ去ったの？」

同じ齢ごろの、同じ色の着物を着た、同じような顔形の子供が、同じころに拐かしに遭った。

「……偶然なんてあり得ない。どこかで何かが結びついている。となれば、必ずどこかで鉄太郎は生きている」

音乃が、鉄太郎の生存に確信をもった根拠でもあった。

「その、どこかってのを探り出せれば……」

すぐに解決できると気が弾むものの、今のところは、ここまで口にするのが精一杯であった。

宮大工甚五郎が住む九兵衛店までは、日本橋川沿いをあと二町ほど歩かなくてはならない。平将門《たいらのまさかど》が鎧《よろい》を龍神に渡したという伝説が残る鎧ノ渡しに、音乃が差しかかったところであった。

「あれ、そこを行くのは音乃さんじゃござんせんか？」

声がしたほうを見ると、長い顔の男がつっ立っている。一目で長八だと、音乃は知れた。

「おや、長八親分……」

長八が小網町界隈にいるのは当たり前なことだ。むしろ、音乃がこの近辺にいることのほうが奇異である。

「何をしてるんですかい、こんなところで？」

「ちょうどよかった。いいところで、親分と会えたわ。きょうは高井様とはご一緒じゃございませんので？」

「旦那は、別のところを廻ってまさあ」

しばし、日本橋川堤での立ち話となった。

「今、どんな事件を探っているの？」

話の成行きを整えるために、知っていながら音乃は問うた。

「子供の拐かし事件がありやして……」

「もしかしたら、宮大工の……？」

「おや、よくご存じで」

「そのことで、ちょっと長八親分に話があるの」

「となりますと、音乃さんも何か関わってると？」

「ここで話すのはなんです」

江戸でも屈指の繁華街である日本橋と、深川《ふかがわ》に渡る永代橋を結ぶ道である。普段から、人通りの多いところであった。行き交う人々を見て、音乃はふと思った。

――まだ明るい時分に、こんな賑やかなところで拐かしなどできるのかしら？

そんな疑問はさておき、長八と話す場所が必要であった。日本橋川沿いを歩いていると『大福うまし』と書かれた幟《のぼり》が立つ甘味茶屋があった。

「ここがいいわ」

大好物である大福の文字に、音乃は惹《ひ》かれた。

「音乃さんは、大福には目がありやせんからねえ」

苦笑いすると、長八の目尻は下がる。

「大福が好きになったのは、つい最近のことよ」

言いわけをしながら音乃が先に『甘味処天草屋《あまくさや》』と、屋号の暖簾《のれん》がかかる茶屋へと入った。

赤い毛氈《もうせん》の敷かれた長床几《ながしょうぎ》に、茶と大福を置くために、三尺の間を開けて腰をかけた。

座ると同時に、長八が切り出す。

「音乃さんと、三吉の行方知れずとは、どんな関わりがあるんですかい？」

長八には、すべてを語らなくてはならない。

「これから話すことは、長八さんの胸だけにしまっておいてほしいの。高井様にも、これ」

音乃は、唇の前に人差し指を立てて、長八の口を塞《ふさ》いだ。なぜか長八と話していると、自分が亡き夫の真之介になったような気がしてくるから不思議であった。

「分かりやした」

「実はね……」

まずは、鉄太郎の失踪から音乃の話は入った。

早桶の子のこと。河口屋の波次郎のこと。そして、三吉が高尾稲荷に行ったまま行方知れずになったことは、与力の梶村から聞いたとは言えず、知り合いから耳にしたとして経緯を語った。その間に、茶と大福が運ばれ飲み食いをしながらおよそ四半刻を費やした。

「なんだか、すげえ話になりやしたねえ」

二杯目となった湯呑を持ちながら、長八が驚く顔を向けている。開いた口が塞がらず、長い顔がさらに瓢簞《ひょうたん》のように伸びた。

「それで、三吉さんのことだけど……」

たった今、青物屋のかみさんから聞いた話を語った。

「青物屋のおかみさんから話を聞きやしたか」

長八の顔があらぬほうを向いて、口からため息らしいものが漏れた。その長八の様子が、口が軽いと青物屋のかみさんを批難しているかのようにも、音乃には取れた。

「聞いてはいけなかったかしら?」

「いやその逆で、よく音乃さんに話したと思っていたくれえでして。ところで、三吉の失踪のことを、よく知ってやしたね。それと、高尾稲荷に行っただなんて、そんな細かなところまでご存じとは驚きやした。これは、父親の甚五郎さんから聞いて、まだ高井の旦那にしか話してないことなんですが」

その答は用意しておらず、音乃は戸惑ったかというとそうではない。

「わたしを、誰の女房だと長八親分は思っておいでで?」

開き直る口調で、音乃は片腕をめくった。

「そうでやした。閻魔《えんま》と謳《うた》われた真之介さんの女房ですもんね、何もかもお見通しっってことですかい」

顔に笑いを含めて長八は返した。

今まで解決してきた事件では、いくつか長八が絡んでいる。うすうすだが、影同心の存在を知っているような気配である。だが、長八は一切問いもしないし、音乃は語りもしない。互いにそのことには触れず、暗黙のうちに得心する形となっていた。

「ところで、長八さん……」

居住まいを正して、音乃は長八に向き直った。

「へい……」

長八は、手にする茶碗を床几に置いて、姿勢を直した。

「青物屋のおかみさんが話してくれたことが本当だとしたら、この件はわたしたちに任せてくれないかしら」

「へい。甥ごさんが絡んでやしたら、余計にそうしたいでやしょう。ですが、高井の旦那がなんて言いやすか」

「高井様は、どうせ町人の子の行方知れずくらいにしか思ってません。頭の中は、ほかのことを考えておいででしょう」

昨夜、梶村が読んだ高井の調書を思い出し、音乃は言い放った。

「そういやあ、この件には乗り気ではありやせんでした。そんなんで、三吉のことはあっしが任されてやして……」

「でしたら、なおさら好都合。そこで、長八さんにお願いがあるのですが」

「お願いだなんて、水臭え。なんです、あっしに頼みごととは？」

音乃には、別件で不審なことを抱えていた。

手口からして、鉄太郎たちの失踪とは関わりはないと思うものの、気にかかることであった。

「長八親分は『人捨屋』って、聞いたことがありますか？」

音乃は、町奉行所の符丁を口にした。

「ええ、話だけは聞いたことがありやす」

「探れないかしら？」

「探るっておっしゃいやすけど、どこをどう。まったく得体が知れず、幽霊みてえにそんなのは、存在すらしねえと言われてやすが……まさか、そいつらが三吉を攫ったとでも？」

「それはなんとも分かりません。そうであるかもしれないし、そうでないかも」

「その人捨屋ってのが、今回のことと関わりあるとでも？」

「もっともわたしは、この件には関わりがないと思っていますけど」

「ならばなぜに、いるかいねえかも分からねえ幽霊みてえなものを捜そうと、足をつっ込むんです？」

「まったく居どころが不明な人たちの災難を、人は『神隠し』なんて一言《ひとこと》で片付けてますが、それこそおかしいのでは。神隠しこそこの世にはなく、必ず誰かが携わっているものと。犯行を仄《ほの》めかさない拐かしには、どこかで人捨屋っていうのが絡んでいるはず。それを探らないのは、奉行所の怠慢だと思われますが、いかがです？」

だんだんと音乃の声音は饒舌《じょうぜつ》鋭く、熱がこもってきていた。

「ですが、中には自分自身で身元を晦《くら》まして、世の中から消える者もいる。それらも、人捨屋の仕業っていうんですかい？」

「世の中からいなくなるのは、自分自身か他人の手によるものかのどちらかです。人捨屋の手によるものとすれば、拐かした挙句《あげく》……おそらく、あくまでもおそらくですが、他所《よそ》の国に売り飛ばすとか……」

作り話のように、あえて大袈裟《おおげさ》に音乃は語った。

「他所の国とは、この国の中でではないので？」

長八も音乃の話に興が湧くか、長い顔を前につき出している。

「この国の中だとしたら、生きていればいつかはどこかで見つかることもありましょう。そんな痕跡を残さないのが、人捨屋が幽霊のごとくと言われる所以《ゆえん》なのでしょうね」

「酷い奴らですね、人捨屋ってのは。他所の国に人を捨てるように売り飛ばす、そんな輩のことか」

「今言ったのは、あくまでわたしの想像でのこと。でも、勘が当たっていたとしたら、これは大変なことです。どう長八親分、高井様には内緒で、探ってみません」

「よろしいですが……でも、なんで音乃さんが、そんなところまで？」

当然の問いである。しかし、音乃にはその答が用意してある。

「夫の真之介が、わたしに探れって言うのですよね」

「地獄の底からですかい？」

「そう。めらめらと火炎を立てて……まるで、阿修羅《あしゅら》のごとく」

「なるほど、真之介の旦那がですかい」

真顔になって、長八が応えた。

七

一方、今朝方音乃とは家の前で別れた丈一郎は、本湊町の河口屋へと向かうため、逆の方向を歩いた。

亀島川沿いを東に一町ほど行くと、船宿『舟玄』がある。舟玄の船着場から半町ほど先に行ったところで、護岸の下から声がかかった。

「そこを行くのは、巽の旦那じゃねえですかい？」

声のしたほうを見ると、舟の艫《とも》に立つ源三の四角い鬼瓦のような顔が向いている。朝っぱらから、客を送ってきた帰りのようである。

「こんなに早く、どちらに行かれるんです？」

川面から堤を見上げ、源三が訝しげな顔をして大声で訊いた。

丈一郎の腰に大小の二本が差してあるところは、単なる散歩ではない。しかも、いつもの朝の散歩なら音乃も同道しているはずだ。

源三も、鉄太郎の失踪は親方の権六から聞いて知っている。その探索に向かうのだろうと、内心では心得ていた。

源三が櫓《ろ》を巧みに操り桟橋に舟をつけるのを、丈一郎は堤の上で待った。やがて護岸に刻まれた階段を上り、源三が近づいてきた。

「すいやせん、お急ぎのところを引き止めちまって。なんですか、このたびは音乃さんの甥ごが大変なことに……」

「親方から話を聞いたのか？」

「ええ、さいで。それで、甥ごさんは見つかったので？」

「いや。それが、おかしな様相になってきてな……」

源三の耳にも詳しく入れておいたほうがよいと、丈一郎は足を止めた。

「話を聞く間があるか？」

「へえ。今のところは空いていやすが」

「ならば、ちょっと」

休み処と、幟《のぼり》がかかる舟の待合場を借りることにした。街道によくある茶屋の風情《ふぜい》で、葦簀《よしず》で道との隔たりを作った簡易の待合場である。船頭が出払っているときは、客はここで戻りの舟を待つ。今のところ、舟を待つ客はいない。源三にも、話を聞く余裕があった。

待合場の一角に、丈一郎と源三は向かい合う形で床几に腰をかけた。

「実はな……」

　まずは、鉄太郎の失踪から丈一郎の話は入った。

「そいつは親方から聞いて、存じていやす」

「それが、妙なことになってきてな……」

「今しがたも、そんなことをおっしゃいましたね」

「おれもまだ信じられねえんだが……」

　眉間に皺を寄せ、口をへの字にして丈一郎がつづきを語る。早桶の子のこと。河口屋の波次郎のこと。そして、宮大工の三吉のことを四半刻ほどをかけて語った。その間に、客が一人も来なかったことが幸いし、源三は皆まで話が聞けた。

「なんだか、すげえことになりやしたねえ。それで、音乃さんは今どちらに……？」

「小網町のほうに行って、三吉って子のことを探っている」

「旦那と二人じゃ、探るのも容易じゃありやせんでしょ」

「ああ。どこからどう手がけてよいのか、手がかりさえつかめん。とにかく、糸口だけでも探そうと今朝から動き出したのだ」

「ちょっと、待っておくんなさい」

　丈一郎の話を聞いて、源三が立ち上がった。そして、船宿の母家《おもや》へと入っていく。

しばらくして、源三と共に中から出てきたのは主《あるじ》の権六であった。

「巽の旦那。遠慮なんかしねえで、どんどん源三を使っておくんなさいな」

音乃と丈一郎を助《すけ》てもよいかと源三は、権六に願い出てきたらしい。

「いや、すまねえ」

丈一郎が権六に向けて、深く頭を下げる。

「水臭えことは、言いっこなしですぜ旦那。源三に聞けば、まだ音乃さんの甥ごは見つかってねえようで」

「ああ、そうなんだ。見つかったと思った子供は、まったくの他人だった。その子の身元もまったく分からなくてな、親を探してあげたくてもどうにもならん」

「おとといの、あの荒海の中鉄砲洲の浜に辿り着いたんですかねえ」

「ああ、そうだ」

丈一郎がうなずいて返すも、権六が遠くを見つめ何かを考えている様子だ。その顔が、堀に架かる高橋《たかばし》の、さらに向こうの大川のほうに向いている。

「親方、どうかしなすったかい？」

「もしかしたらその子供ってのは、上総《かずさ》のほうから流れてきたんではねえかな」

「上総ってのは、対岸の房総《ぼうそう》ってことか？　音乃が船大工から聞いてきた話では、逆に上総のほうに流されるらしいが。ずっと以前、鉄砲洲でいなくなった子供が、木更津で見つかったとか言っておったが」

鉄太郎は、おそらく木更津の浜に打ち上げられていると、それを聞いたときは誰しもが打ちひしがれたものだ。それが、権六の話では逆に上総から流れ着いたことになっている。

「江戸湾の形からして、流されるとすれば木更津か富津崎《ふっつさき》あたりに辿り着くもんで。江戸の湊から流された舟は、十里先の富津崎で引っかかって見つかることが多いですしね」

長年、船頭としても舟を漕いでいた権六の話には真実みがある。江戸湾のことに関してはかなり詳しい。

「おとといは大潮だ。それも、夕七ツごろが満潮になる。そこに、野分の高波とくれば、潮が鉄砲洲に向かって流れてくる。島方会所沖の目印に引っかかっていた遺体てえのも、さしずめそっちのほうから流れてきたものと思えますぜ。よしんば木更津で溺れたとしたら、四半刻でこっちまで来ちまいますわ」

早桶の子は、逆に下総《しもうさ》から流れ着いたのではないかと権六は推察している。

「となると、鉄太郎は海に流されたのではないと？」

「そいつは、なんとも。あんときの高波に呑まれたら、子供じゃひとたまりもありやせんが。ですが、昼八ツ半ごろならば沖に流されず、鉄砲洲のどっかの浜に打ち上げられていると思えるんですがねえ。ほれ、高潮のあとの浜辺には、昆布や若布がたくさんおっこってるでしょ。そん中に混じっているってのも考えられますぜ」

鉄太郎の遺体を昆布や若布と一緒にされて、丈一郎は小さく首を捻ったが、権六の説には得心できた。

権六の説によれば、鉄太郎はまだどこかで生きている。丈一郎は、気持ちの奥がふっと軽くなるのを感じていた。

「源三、巽の旦那を助《すけ》てやんな」

「かたじけない、権六親方」

丈一郎が、深く頭を下げた。

源三の、真四角で鬼瓦のような厳《いか》つい顔が、笑みを宿すか綻《ほころ》びをもっている。元丈一郎の手下《てか》であった岡っ引きの血が騒ぐようだ。

「巽の旦那、これから佃島に渡ってみませんか？」

河口屋の波次郎が行方知れずになったところは、佃島だと聞いている。それも、丈一郎の口から源三には語ってある。

「おお、頼む」

丈一郎も、すぐにでも佃島に渡りたいと考えていた。ちょうどよいところで源三に呼び止められたと、丈一郎の二つ返事であった。


亀島川を東に向かうと、大川に出る。

その手前の高橋を潜《くぐ》ると八丁堀川、通称桜川と合流する。桜川の吐き出しに架かるのが稲荷橋である。昨日音乃と渡った頭上の橋を見上げながら、源三の漕ぐ舟は進む。

大川に出る手前で、

「ちょっと、舟を止めてくれないか」

丈一郎が、艫《とも》で櫓を漕ぐ源三に話しかけた。

「へえ……」

川面に出ている水杭に縄を舫《もや》い、源三が舟を止めた。大川端に、およそ一町に亘《わた》り屋敷の高塀がそそり立つ。

「どうかなさって？」

源三が声をかけるも、丈一郎が黙って土塀を目にしている。

「こちらは、船手頭の向井様の屋敷ですが、どうかしやしたかい？」

丈一郎の顔が、源三に向いた。

「音乃に、縁談の話があってな」

舟の上からでは、むろん屋敷の中をうかがうことはできない。

「なんですって？」

言葉が風に流され聞き取れないと、源三が問い直した。

「いや。この話はあとでするんで、舟を動かしてくれねえか」

「へい」

舫《もや》いを解いて、舟が動き出す。大川に出て、三町ほど下ると対岸は潮の香りが漂う佃島である。

渡しの桟橋の端に舟をつけると、丈一郎と源三は陸《おか》に上がった。

佃島に戻った漁師が、浜で網干しをしている。今朝方の漁で、魚を掬った小網はまだ濡れていてどす黒い色をしている。それを重そうに持ち上げ、物干し竿にからげている姿があちらこちらに見られた。

「ちょっと忙しいところすまねえ」

漁師の一人に、源三が声をかけた。

「なんでえ？　おや、源さんじゃねえか」

日焼けで真っ黒な顔をした、留次《とめじ》という四十前後の漁師が振り向きざまに返した。源三の、よく知る男らしい。

源三が佃島に行こうといった意味が、丈一郎には分かる気がした。

「留《とめ》さんは、対岸の廻船問屋で河口屋って知ってるかい？」

「ああ、知ってるよ。なんだか、そこの倅《せがれ》が行方知れずになったとか……」

「そのことで、留さんは何か知ってることがあるかい？」

「いや、詳しいことはおらはなんにも知らねえ。生憎《あいにく》と、河口屋の倅の顔は知りやせんで」

「鼠色の小袖に、茄子紺色の袴を穿いた十歳くらいの子供なんだが。背丈は四尺一寸くらいで、丸顔の……」

これまで黙っていた丈一郎が、留次に向けて問うた。

「いや……」

「そのような子だったら、おまえさん……」

留次が首を傾げて答えたところに、女房らしき女から声がかかった。

「名主さんの屋敷の裏で、見かけたよ。おとといの夕方、うす暗くなった七ツ半ごろだったかねえ。なんだか慌てた様子で、大川のほうに向かって行ったけど。そっちのほうには葦《よし》とか、すすきしか生えてないってのに、いったい何しにそんなとこに行ったんだかねえ?」

それ以上のことは知らないと、留次の女房の話はそこで止まった。

「名主の家か……」

丈一郎の顔が、留次の女房に向いた。

「住吉《すみよし》神社って小さな社《やしろ》が、人足寄場の裏手にあるけど、その向かい側の家だがね」

「ああ、名主の家ならよく知ってるから心配するねえ」

町名主は、町奉行所の管轄にあり丈一郎も源三も、現役のころはよく訪れていたものだ。

漁師の留次に礼を言い、丈一郎と源三は佃島の町名主の家へと向かった。

第三章　大名家存亡の機

一

佃島で漁をする、漁師町四十軒を統率する町役である名主の一家は、貧相な漁師の住処と違い、一際《ひときわ》立派さが目立つ屋敷に住んでいた。

大川沿いを歩き、住吉神社の小さな鳥居《とりい》が目に入ると、丈一郎と源三は同時に足を止めた。

屋敷の門前で二人の侍と、痩せぎすで五十歳前後の初老の男が言葉を交わしている。

初老の男は、町名主の時《とき》右衛門《えもん》であるのが知れる。侍のほうは、上下色の異なる羽織袴の身形《みなり》からして幕府の役人ではなく、どこかの家中の家臣たちと見受けられる。それだけでは別段怪しい素振りではない。やり取りが済んで、二人の侍が向かってくる。

佃の渡しに向かう気配である。目を合わせることもなく、互いはすれ違った。

「時右衛門さん……」

脇門から屋敷内に入ろうとする既《すんで》を、丈一郎が呼び止めた。現役のときは呼び捨てであったが、隠居となった丈一郎の今は、やたらと身分をひけらかすことはない。

「おや、これは巽の旦那ではございませんか」

好々爺《こうこうや》らしい、にこやかな顔が振り向いた。

「ご無沙汰しております。おや、源三親分もご一緒で」

「もう、親分ではねえですよ。今は、船頭として舟玄に雇われてる身ですぜ」

「左様でしたか。それで、佃島には何用で？」

「ちょっと、時右衛門さんに訊きてえことがあってな」

現役当時に戻ったような、丈一郎の口調となった。

「なに、御用の筋じゃねえんだ。もう、十手《じって》なんか持ってねえよ」

丈一郎の懐《ふところ》の奥には、短身の十手が隠されている。それをおくびにも出さずに言った。

「お訊きになりたいというのは、どんなことでございましょ？」

「実は、おれんところの親戚筋の子が、おととい行方知れずになってな。ゆっくり囲《い》碁《ご》でもしていてえところを昔とった杵柄《きねづか》だってんで、どうか捜してくれってせがまれちまった。頼まれちゃあ、億劫《おっくう》だけど動くより仕方ねえ」

「親戚筋の子とおっしゃいますのは？」

「河口屋の倅の波次郎よ」

丈一郎は、河口屋を親戚筋と偽った。

「ほう、初耳でしたな。対岸の河口屋さんと、巽の旦那はご親戚だったのですか？」

「ああ、かなり遠いけどな。おれの伯父《おじ》さんの三男で町人になった奴が、河口屋の旦那の妹の亭主の姉のところに婿に入った」

口からの出まかせは、現役のときを髣髴《ほうふつ》とさせる。探索には、嘘も方便《ほうべん》と虚言を駆使する。その言葉の並びを、うしろから源三が感心した面持ちで見やっていた。

「左様でしたか。ちっとも知りませんでした」

時右衛門の、疑りの眼に丈一郎は一言添える。

「従兄弟《いとこ》の婿入り先を、いちいち口になんか……つまらねえことを言ってる暇はねえ。そこでだが、おとといの夕方、河口屋の波次郎をこの屋敷の裏で見たって者がいたんだが、時右衛門さんに心当たりはねえかい？」

「いや、ありませんな」

一昨日のことは誰も忘れることはないと思いながらも、なおも丈一郎は食い下がった。

「思い出すというよりも、河口屋さんの子がなんの用事で当家に？　そりゃ波次郎という子が河口屋さんにいるというのは聞いてますが、おとといも何も、今まで一度も来たことはありませんけど」

時右衛門の笑みを含む柔和な顔に、ものを隠す様子はない。

「となると、なんで波次郎が佃島に来たのか分かりやせんね」

源三が、首を傾げながら口にした。

「たしかに、渡しの船頭はおとといの夕方、そんな子を乗っけたと言ってたがな」

なんの用事で波次郎が佃島に渡ったのか知れない。ただ一つ分かることといえば、漁師の女房が名主の屋敷裏で見かけたということだ。

波次郎のことをこれ以上名主に聞いても詮《せん》ないと、丈一郎の問いは別のほうに向いた。

「ところで、先ほどお武家さんが二人ほど来てたようだけど、あれはどこの家中のお侍だい？」

「いや、分かりません。初めて見る顔でして」

「どんなことを訊いてた？」

「それが、妙なことを訊くんです。近ごろこのあたりで、何か変わった事件がなかったかなんて」

「変わった事件……それで、なんと答えた？」

「どんな事件かと訊きますと、なければそれでかまわんと……あっ、それってのは今旦那から聞いた……」

「波次郎の失踪と関わりあるかもしれんな。だが、侍がなんで波次郎と……？」

丈一郎の、自分に向けての問いであった。

――よもや、鉄太郎とも関わりが？

そんな思いが、丈一郎の脳裏をかすめると俄然《がぜん》、侍たちへの興が湧いてきた。

「それで、侍たちはこれから……」

丈一郎の言葉が、途中で止まった。これからどこに行くなんて、知らぬ男にいちいち告げることはないだろう。訊いても詮のないことと思ったからだ。

「それがなんですか、これから石川島の船手番所に行こうかって、二人で話し合ってましたが」

「船手番所ってか？」

佃島と川を境にして、北側が石川島である。そこには、火盗改方《かとうあらためかた》の長官であった長谷川平蔵《はせがわへいぞう》が開設したという、無宿人や軽犯罪者の更生施設である人足寄場が置かれている。それと共に、石川島は江戸湊の船の往来を守る高さ十丈ほどの灯台が設置され、不審船を見張る監視所が設けられていた。

江戸の初期、石川重次《しげじ》という幕府舟手頭が中洲を拝領して、代々その役に当たっていたことから石川島の名がついたという。番所は、中洲の東側の大川に面したところに建っている。

「石川島の船手の役人てのは、誰なんで？」

「今は、向井様の配下が役人をなさっております」

「……向井様の配下だって？」

このところよく出てくる、向井という名である。

「だったら源三、ちょっと石川島にも行ってみるかい？」

背後に立つ源三に、丈一郎が振り向きざまに訊いた。

「さいでやすねえ」

大きくうなずきながら、源三が返した。

「石川島の船手番所に行くとおっしゃいますが、やはりあのお侍たちが波次郎の失踪と何か関わりがございますので？」

「関わりがあるかどうか、気になることがあったら探るのが定町廻りの鉄則でな。役から離れたとはいえ、おれの勘は衰えちゃいねえよ」

言いながら、丈一郎の顔が石川島のほうに向いている。背丈以上もある葦《よし》やすすきが生い茂り、佃島との隔たりを作っている。荒野の向こうに見える、高さ二丈ほどもある丸太矢来《やらい》の内側が、人足寄場である。

「ここからではすすきに視界が遮られ、船手役人の番所は見えやせんね」

上背のある源三にしても、雑草が視界を遮っていた。

丈一郎と源三は屋敷の裏手に回り、波次郎の通った形跡を探った。大川にかけて、葦とすすきが群生している原野の風景であった。そこに、人一人が通れるほどの小道ができている。なんのためにできた道なのか分からない。山には獣道《けものみち》という動物たちの通り道があるが、それらしくもない。

「どうやら波次郎は、この中に入っていったらしいな」

「そうみてえで……」

丈一郎と源三は、葦が生い茂る狭い道を掻き分けて入っていった。半町も歩いたところで、大川の河口へと出た。

「ここに出たんかい」

視界が開けるとそこは、江戸湾の大海原であった。岸辺に小さな桟橋があり、朽ち果てた舟が一艘停まっている。深川と佃島を行き来するための近回りと、土地の人たちが利用しているようだ。

「波次郎は、ここから連れ去られたってことも考えられるな」

「ですが、おといは波が荒くて舟は漕げやせんでしたが」

「そこはなんとも分からんけど、このあたりで忽然《こつぜん》と姿を消したのはたしかだろうよ」

それがなぜだかというところまでは、この段階ではつかめるものではない。丈一郎と源三は、気に止めながらその場をあとにした。

陸からは、船手番屋まで行くことはできない。一度佃の渡しに戻り、停めてある舟で三角洲を半周することになる。

島の北側の、大川の分離から東側に回る形になる。その対岸が、深川である。いずれにしても、船手役人の番屋に行くには舟を使わなくては叶わない。

「ところで、侍たちはどうやって船手番屋に行った？」

佃の渡しの桟橋に立つと、対岸の船松町《ふなまつ》を眺めながら丈一郎が源三に問うた。

「さいでやすねえ。渡し舟では行けやせんし、かといって佃島には船宿がありやせん」

「漁師に頼んだとも、思えんしなあ」

「一度対岸に戻り、船松町の船宿で船頭を雇う以外に……」

源三が返したところで、対岸から渡し舟が戻ってきた。

「今しがた、二人連れのお侍を乗せなかったかい？」

源三が、渡しの船頭に問うた。

「いや、きょうは一人も侍なんか乗せちゃいねえ」

「そうかい。おかしいな、さっき……」

首を傾げて源三が不思議がるそこに、

「おい、今行った向こっかしの桟橋に、舟を止めておいたんじゃねえかな」

獣道のような、小道のつき当たりにあった船着場が丈一郎の脳裏をよぎった。

丈一郎の言葉と同時に、二人は止めてある舟べりを跨《また》いだ。向かうは、反対側にある、石川島の船手番屋である。

二

石川島を半周すると、川岸に町家のような一軒家が建っている。そこが船手方の番屋であった。

少し離れたところに、三百坪ほどの敷地を土塀で囲んだ屋敷があった。そこは、代々島を管理する石川家の拝領屋敷である。

番屋に渡る桟橋がある。そこに三艘ほどの舟が舫《もや》ってあった。その一艘に、所在なさげな顔をして、船頭が艫《とも》に腰を下ろしている。

「あの舟に乗ってきたな。まだ、番屋の中にいるらしい」

丈一郎が言ったところで、二人の侍が番屋の外へと出てきた。庄屋の屋敷で見かけた侍たちに違いない。源三は、少し舟を動かし離れたところで待った。

「——戻ってくれ」

侍の一人が船頭にかけた言葉は、丈一郎の耳にはそのように届いた。

「どこに戻るのか、知りたくなったな。源三、あとを尾《つ》けられるか？」

侍たちを乗せると、舟は南に舳先《へさき》を向けた。源三の舟は、海用には作られていない猪牙舟《ちょきぶね》である。

「へい。川舟ですが、この凪《な》ぎでしたらなんとか」

この日の江戸湾の穏やかさならば、沖にさえ出なければ、充分に漕ぐことはできる。だが、相手の舟は底の厚い海用に作られている。凪いでいるとはいえ、多少の波はある。猪牙舟は、海では安定が悪くなり、進み具合も遅くなって櫓を漕ぐのに力がいる。

「こうと知ってたら、海用の舟で来るんでやしたね」

引き離されないようにと、源三は力の限り漕いだ。

舟は江戸湾の岸沿いを進む。やがて、将軍家の別墅《べっしょ》である浜御殿《はまごてん》が見えてきた。広大な庭園の石垣沿いを舟はさらに南行していく。舟はいつしか芝の浜辺が見渡せるところまで来ていた。

「……どこまで行く気だ？」

だんだんと引き離され、豆粒ほどに小さくなった先行く舟を見つめながら丈一郎が呟いた。すると急に、ポツンと見えていた舟がいなくなった。

「あれ？　舟が消えたな」

「消えたんじゃありやせんぜ旦那。あれは、金杉川《かなすぎがわ》に入ったんですぜ」

紀伊《きい》徳川家を過ぎて、松平越前守《まつだいらえちぜんのかみ》の下屋敷の塀が途切れたところに、幅五間ほどの金杉川の吐き出し口があった。金杉川は、上流で渋谷川《しぶやがわ》から別れ、土地の人からは古川《ふるかわ》と呼ばれている。源三は以前に一度だけ客を乗せて来たことがある。そのときは、増上寺《ぞうじょうじ》の南側に架かる赤羽橋《あかばねばし》の近くで客を下ろした。

源三は、金杉川に舟先を進めた。両側を護岸された川を四町ほど上ると、金杉橋が見えてきた。橋上は、日本橋から東海道《とうかいどう》に通じる街道である。

丈一郎が見ているのは、二町ほど先に架かる橋である。その橋の下を、侍たちを乗せた舟が潜《くぐ》って行く。

「あれは、将監橋《しょうげんばし》ですぜ」

「源三は、ここらあたりに詳しいな」

「いや。以前に一度だけ、客を乗せてきたことがありやすから。そんときは、さらに先の……」

「おい源三、橋の先で舟から降りたぞ」

近くの船着場に舟をつけ、侍二人が南岸の階段を上っていくのが見えた。

「あのあたりは、大名屋敷が建ち並ぶところですぜ」

陸に上って追って行くには、隔たり過ぎている。追うのはあきらめ、舟が戻ってくるのを待った。

やがて、侍たちを乗せていた舟が川を下ってきた。

「源三、あの舟を止めな」

「へい」

源三は右に舵をとり、舟の進路を塞いだ。

「邪魔だ、どきやがれ！」

襟に『芝川《しばかわ》』とある半纏を被せた船頭が、舟上で耳をつんざくほどの怒鳴り声を上げた。真っ黒に日焼けした厳《いか》つい顔の男で、怒った声には迫力がある。

「すまねえ、ちょっとこいつの用で訊きてえことがある」

丈一郎は懐から短身の十手を抜いて、船頭の目の前にかざした。

「何を訊きてえんです？」

「今乗せていたお侍さんたちは、どこの家中の者だい？」

「いや、あっしが知るわけありやせんでしょ。いちいち、あんたさんどちらのお人でなんて訊く、野暮《やぼ》な船頭なんておりやせんよ」

十手に怯《おび》えたか、船頭の口調は穏やかになった。

「舟の上で、何かしゃべってなかったかい？」

「それは二人で乗ってるんですから、いろいろ話すことはあるでしょうよ」

見かけに似合わず、屁理屈《へりくつ》を言う船頭であった。

「どんな話をしてたか、聞こえたかい？」

「いや、小声で話してるんで聞こえるわけねえでしょ。そば耳を立てるほど、あっしは暇じゃねえんで」

「そうだろうが、一言でいいんだ。何を言ってたか、聞きてえ。そうだ、こいつで一杯やってくれ」

丈一郎は、巾着《きんちゃく》から一分判を取り出した。生憎《あいにく》と、あとは文銭しか入っていない。子供の駄賃とは違う。たったの五文十文で、大事なことを聞き出せるものではない。一分判四枚で一両である。ここは止むを得ないと、丈一郎は奮発することにした。

「こいつはすまねえな。そうだなあ……」

一分判をもらって逃げるわけにいかないと、船頭は空を見上げて考えている。

「こんなことを言ってたな」

しばらく船頭は考え、そして丈一郎に向き直った。

「こいつは意外……」「ご家老に……」「ご安心する……」

船頭に聞こえたのは、この三言《みこと》だけだった。

霊巌島への戻り舟で、丈一郎は言葉の意味を分析した。名主の時右衛門が聞いていた『――近ごろこのあたりで、何か変わった事件がなかったか？』という言葉と絡み合わせる。

「意外というのは、起こした事件が表沙汰になっていないということか？」

海の上で櫓を漕ぐ源三に話しかけるわけにもいかず、丈一郎は自分に問いかけるように口にする。

ご家老という言葉で、どこかの大名家と知れる。だが、家老がなぜに安心するのかまでは分からない。やはり、たったの三言では深部を探るのは難しい。一分判が高くついたと、丈一郎はここでは思った。

得る物があったかどうか不明のまま、霊巌島への戻りとなった。

さて話は、丈一郎と源三が怪しいと思って尾《つ》けていた侍たちのことに変わる。

二人の侍は、将監橋近くの桟橋から陸に上がるとすぐに四辻の道を右に折れた。鉤《かぎ》状に道はくねっている。町人が住む町屋から、一つ道を入ると武家屋敷の高塀がずっとつづく。侍二人は、辻を四か所ほど曲がると、唐破風《からはふ》屋根の立派な門構えの屋敷へと入っていった。

そこは、七曲藩十二万石譜代大名山藤家の上屋敷であった。

およそ七千坪の敷地がある、山藤家上屋敷の奥の奥。そこに、十二畳ほどの牢部屋があり、そのうち八畳を格子で外界と遮断した座敷牢が設《しつら》えてある。

家訓に背《そむ》いた家臣などを罰するために、留め置く牢屋である。滅多に使われることもなく、普段は開かずの間として固く閉ざされ、家臣であっても近寄る者はいない。

外の光は差し込まず、壁にかかる燭台の明かりだけが頼りの薄暗い部屋であった。

かつては責苦《せめく》にも使われたか、壁には拷問の際に噴き出す血潮を吸ったか、血の跡が黒い染みとなって恐ろし気な模様を作っている。

空気の入れ替えも叶わず、襖を開けて牢部屋入ると同時にプンと黴《かび》臭さが鼻につく。さらに奥に入ると、血生臭さの陰鬱とした臭いも混じり、便所も座敷牢の一隅に掘られている。それらの臭いが入り混じり、腐った生塵《なまごみ》を、十日ほどそのまま放置したような、鼻を覆いたくなる悪臭が充満する座敷牢であった。その不快さに、収監されたと同時に嘔吐《おうと》する者すらあった。

どこの大名屋敷でも、咎人《とがにん》を収監する座敷牢が設えてあるが、これほど酷い牢は珍しい。

一昨日の夜から、その座敷牢に交代で見張り役が一人配置されている。格子柱で仕切られた牢の中に、十歳前後の、三人の子供を閉じ込めているからだ。

二十歳を過ぎたあたりの若い見張り役が、頑丈に施錠をされた座敷牢に安心するか、床几《しょうぎ》に腰をかけてうつらうつらしている。何もすることはなく、ただぼんやりしているのが見張り役の仕事であった。さして重要な役職に置かれぬ下級の家臣か、半分口を開き気味で凡庸としている。

窓も一切《いっさい》ないので、昼か夜かの区別もつかない。

三人の子供たちが座敷牢に閉じ込められてから、二つ夜が過ぎ三日目の昼を迎えていた。かろうじて昼か夜かの区別ができるのは朝、昼、晩と運ばれる三度の食事によってである。

一昨日に拐《かどわ》かされた三人は夜になってから屋敷へと連れてこられ、なんだか分からぬうちに、座敷牢へと閉じ込められた。それから二日近くが経ったが、未だ家中の者から誰も何も言ってこない。何をされることもなく、また呼び出されることもなく、これまでは四度の飯が与えられただけであった。麦飯に、鰯《いわし》の干物が一匹添えられた粗末で不味《まず》い食事を四度食べ、間もなく五度目の昼飯が届く時限となっていた。

一人だけなら気もめげようが、ここは育ち盛りの男児が三人、互いの素性などを語り合ったりして、すでに打ち解けている。互いに励まし合って、寂しいことなど一つもない。それでも時が経つにつれ、不安な気持ちは徐々に子供心を蝕《むしば》んでいった。口数も、めっきりと少なくなる。それと同時に、自らの置かれた立場をそれぞれが考えるようになっていた。

三

不安が口を開かせる。

「なんでおいらたち、こんなところに入れられてるんだろ？」

「いったい、なんでだろうな。なみちゃんに分かるかい？」

「てっちゃんに分からないこと、手前が知るわけありません」

言葉つきで、誰が誰だか分かる。この三人の子供たちには武士、商人、町人の身分の区別はない。互いを、ちゃんづけで呼んでいる。ただ、生まれたのが早いか遅いかで、口調にいく分の隔たりがあった。

「てっちゃん、おいら捕まったとき、わかって呼ばれた」

「さんちゃんもそうか。手前もそうだ」

三吉の話に、相槌を打つように、商人の子らしく波次郎が応えた。

「拙者も鉄砲洲の浜でカニをとってたら、うしろからいきなり、わかって呼ばれた。

それで、無理矢理舟に乗せられたんだ」

鉄太郎は十一歳だが、自分を拙者と呼ぶ。最近覚えた言葉で、大人ぶる。

これだけでも、三人の素性がよく知れる。

遅生まれの鉄太郎は十一歳、翌年早生まれの波次郎と三吉の二人はまだ十歳である。生まれた月は三月《みつき》と違わないが、一応三人のうちで鉄太郎は一番の年上となる。そのため、言葉つきは兄貴分であった。

「さんちゃんは、どこでどうしてさらわれたんだ？」

「おいらは永代橋の袂でだ。小便をしたくなって我慢ができなくて、土手を下りて大川に向かって用をたしてたところだった。いきなりうしろからわかって呼ばれ、振り向いたときには口を塞がれてたんだ」

「手前は、佃島にすすきを取りに行ったんだ。十五夜の月見をするから、すすきを取ってきてくれってお祖母《ばあ》さんから頼まれて。すると急に腹が痛くなり、葦が生えた小道に隠れて野ぐそをしていたんだ。袴を上げたところでわかって呼ばれ、そしたら急に目の前が暗くなった」

鉄太郎が語ると、三吉と波太郎もそれにつづいた。それぞれが、拐かしに遭ったときの状況を語り合った。

「さんちゃんは小便で、なみちゃんは野ぐそを垂れてたんか？」

鉄太郎の言葉で、ケラケラと三人の笑い声が上がったが、笑っている場合ではないと思ったかすぐに真顔に戻った。

それぞれが、拐かしに遭ったときの状況を語ったものの、あまりにも不意なことで意味すらもつかめてはいない。

「てっちゃん。わかって、なんだ？」

三吉が、小首を傾げて訊いた。

「なんだろうな、拙者にもわからないよ。なみちゃんはわかるか、わかって？」

「そんなにわかわか言われても、手前にもわかりませんよ」

「ただ、捕まったあとにすぐ、こいつは似てるけどわかじゃないって言ってた」

「おいらもだ」

「手前も同じことを言われた」

なぜに三人が連れてこられたのか、その謎が解けずにみな黙り込んだ。

しばらく考え、鉄太郎が口にする。

「なんだろうな、わかって。わからないな、わかわか……ん？」

鉄太郎に、気づくことがあったらしい。真っ暗な天井を見ていた顔が、正面に向いた。

「どうしたてっちゃん、何かわかったの?」

「もしかしたら、わかって若さまのことじゃないかな。ここの若さまがいなくなって捜してたら……」

しかし、そのあとは手を縛られ、猿轡《さるぐつわ》をかまされ、目隠しまでされて舟に乗せられた。人違いならば、すぐにその場で解き放されるはずだ。十歳ともなれば、そのくらいの推測はつくも、その先の謎がどうしても解けない。

波次郎が拐かされたときは、すでに鉄太郎と三吉は舟に乗せられていた。攫われたのは鉄太郎、三吉、波次郎の順と取れる。艀《はしけ》のような大ぶりの舟で、七人の大人が乗っていた。一人が艫で櫓を漕ぎ、四人が左右の縁に分かれ、櫂《かい》でもって舟を繰る。時化に対応できる布陣であった。

捕らえられたあとは石川島の岸辺に群生する葦の陰に隠れ半刻ほど待ち、暗くなってから舟が動き出した。夜までそこにいたのは人目を避け、波の静まるのを待ったのであろう。その間大人たちは黙り込み、話し声はほとんど聞けなかった。

江戸湾に出たときは、猿轡だけは外された。波はいく分治まったとはいえ、それでも激しく舟を揺らす。舟酔いからか、三人はゲエゲエと吐いた。

そのときの不快さが脳裏に甦り、さらに不安を煽《あお》る。

「こんなところにずっといたら、もしかしたらみんな殺されるかもしれないよ」

「変なこと言わないでおくれよ、てっちゃん」

波次郎が、口をへの字にして訴える。

「今ごろ、おっ父《とう》やおっ母《かあ》が心配《しんぺえ》してるだろうな」

三吉の、くぐもる声音となった。

「さんちゃんは、父上や母上のことが気になるか？」

「いや、そんなことはねえ。おいらはそんなに、柔《やわ》じゃねえやい」

強がりを言うものの、三吉の顔は今にも泣き出しそうな、複雑な表情をしている。

「我慢することないよ、さんちゃん。拙者だって、父上や母上のことが気になって仕方ないんだ。でも、ここは男だからな。いざというときは強くなれと、爺ちゃんからいつも言われている。拙者の爺ちゃんは年中旅に出て、滅多に家にいないけど、帰ってくるたびにそんなことを言ってるんだ」

祖父義兵衛の血を、濃く継ぐ鉄太郎であった。

「てっちゃん、おいらたち殺されちゃうんかなあ？」

「手前は、殺されるなんていやだ」

三吉と波次郎が弱気を口にする。二人とも、今にも声を出して泣き出しそうな顔となった。

「おじさん……」

鉄太郎が二人にかまわず、座敷牢の外にいる見張り番に声をかけた。

「なんだ？」

「拙者たちは、なんでこんな酷いところに入れられてるの？」

「身共《みども》に訊かれても、知らん。さしずめ、おまえらが悪さばかりしているからだろう。そうじゃないのか？」

「そんなことはないよ。そっちのほうこそ子供をさらうなんて、大悪人だ。そのうち拙者のおばさんが来て、閻魔《えんま》さまのところに連れていかれるから、覚悟しておいたほうがいいよ」

「なんだ、閻魔さまとは？　わけの分からんことをいう奴だな」

「ところでおじさん、ここはいったいどこなの？」

めげずに鉄太郎が、さらに番人につっ込む。

「おまえらみたいに生意気な餓鬼《がき》には、教えられんな」

子供に馬鹿にされていると思うか、若侍の言葉が尖《とが》っている。

「教えたくないのなら、かまわないよ。大体は、分かるから」

「ほう。どうして、分かる？　連れてこられたときは目隠しをされていたのであろう」

見張り番の若侍が立ち上がり、座敷牢へと近づいてくる。だが、牢内の臭いにいたたまれないか、すぐにあとずさりした。

「そんなのは、簡単だよ。ほら、今遠くで鐘が鳴ってるだろ。三つ早撞きがあったから、あれは時を報せる捨て鐘っていうんだけど、おじさんは知ってる？」

微《かす》かに聞こえる鐘の音は、正午を報せるものである。昨日の今ごろ、鰯の干物がおかずの昼食があった。

「そのぐらいは、身共だって知っておる」

「あの音色からして、芝切通しの時の鐘だね。増上寺《ぞうじょうじ》さんの鐘のほうが近くに聞こえるから、きっと北の方角だ。するとここは、増上寺さんより南ってことになるでしょ」

「あ、ああ……」

「拙者たちは舟に乗せられここに来たけど、海から川に入ったところで橋を潜ったでしょ」

「どうして、海から川に入ったと分かった？」

「おじさん、馬鹿だなあ。潮の匂いが、川に入るとしなくなったよ」

「そうか。それなら、橋を潜ったってのはどうして分かった？」

「頭の上で、ドタドタ足音がしてたから。夜になっても人が大勢通る道といえば、東海道に通じる街道だね。潜った橋は、おそらく金杉橋でしょ？」

「なんで分かる……？」

呆気《あっけ》に取られるか、番人の口は開いたままだ。その様子で、鉄太郎は自分の憶測が正しいと思った。

「爺ちゃんは道中奉行のお頭《かしら》だから、拙者も道には詳しいんだ。いつも細見本《さいけんぼん》を見てるから。日本橋から五街道ってのが出ててね、北に行くと中山道《なかせんどう》。西は甲州道で、東は日光奥州《にっこうおうしゅう》……」

「それは分かったから、もういい」

鉄太郎の話を、番人が途中で止めた。それでも、鉄太郎の語りはつづく。

「金杉橋の、その次に架かる橋を潜って舟が止まった。それって、将監橋だね？」

「ああ、そうだ」

「土手に上る階段で、さんちゃんがけつまづいたね」

「ああ。おいら、向こう脛をいやってほど打っちまった。痛えの痛くねえの……」

脛の傷をさすりながら、三吉が言った。

「土手を上ったところで、駕籠《かご》に乗せられたんだ」

駕籠は三基、用意周到、あらかじめそこに待機させていたらしい。

「二十歩で、右に曲がったでしょ。そのあと、百五十五歩進んで左に曲がったよ。そこから三百六十五歩真っ直ぐ行って十歩下がり、左に曲がり……」

鉄太郎は、駕籠もちの歩数を数えていた。いつぞや叔母の音乃から、目隠しをされて連れていかれた場合の対処法を聞いたことがあった。なんでも無駄というものはない。鉄太郎は、それを実践していたのだ。

「もう、分かったからやめろ。恐ろしい、餓鬼だな」

だんだんと、若侍の額に玉の汗が噴き出してきている。

「ここがどこなのか、拙者は知ってるよ。どこかの大名家のお屋敷でしょ？」

「あっ、ああ……」

袖で額の汗を拭いながら、ますます見張り番の若侍は呆《ほう》けた顔となった。さらに仰《ぎょう》天《てん》する言葉が鉄太郎の口から飛び出す。

「おじさん、必ず拙者たちはここを抜け出してみせるからね」

「なんだと！」

逃がしたとあらば、見張り役は切腹ものだ。若侍の顔が真っ赤に染まり、床几から腰を浮かせた。

「てっちゃん……」

鉄太郎の言葉には、さすがに波次郎も三吉も驚く。

「こんな臭いところに、いっときもいるのはやだからね」

「でも、どうやって？」

「これからみんなして、考えよう」

若侍に虚勢を張ったのは、鉄太郎なりの考えがあったからだ。とりあえず、弱気になった二人を勇気づけるためには効果があった。

鉄太郎の気合が通じたか、波次郎にも三吉にも精気が宿ったようだ。元来、気丈な子供たちである。となれば、気持ちも前向きになって、少しは冷静になれた。そんな気持ちが、波次郎の言葉となって表れる。

「ところでてっちゃん、今気づいたけど、手前ら三人はどことなく似てませんか？」

商人の子だけあって、波次郎の言葉は一番大人びている。

これまで、母親の手鏡くらいは持ったことがあるはずだ。自分の顔は、鏡でしか見たことはないが、ある程度どんな顔かは分かっている。滅多に見ない自分の顔と、ほかの二人をそれぞれが見比べた。

「そういえば、なみちゃんとさんちゃん、似ているね」

「てっちゃんと、さんちゃんも……」

「てっちゃんと、なみちゃんもだ。それに、着ている着物の色もおんなじだ」

それぞれが顔を見比べて、ケラケラと笑い合っている。それを、眉間に皺を寄せて、訝《いぶか》しそうな顔をして番人が見やっている。

「これ、何がそんなにおかしい？」

牢格子に向けて番人が声を投げたそのとき、牢部屋の襖が静かに開いた。昼飯ではなく、家臣の中でも身分の高そうな侍であった。

「三人を連れてこいと、ご家老の仰せだ」

座敷牢の錠前が解かれ、三人はようやく臭い部屋から出ることができた。

四

それより遡《さかのぼ》ること二日前の早朝、十月十五日のまだ夜が明けやらぬころ――。

筆頭家老沢村刑部の御用の間で、次席家老畑山多門《はたやまたもん》、江戸留守居役田所清兵衛《たどころせいべえ》、そして勘定奉行大野丹朴《おおのたんぼく》の重鎮四人が、そろって仏頂面《ぶっちょうづら》を表情に出して頭をつき合わせていた。

大事なことは四人の合議制を取って決めるのが、山藤家の方針であった。

「――烏賊《いか》釣りに行った若君が、一晩経っても戻ってこん」

腕を組みながら、苦悶の表情で沢村が呟くように言った。

前日の十四日午後、右京が烏賊釣りに出てから丸一夜が経った。暮六ツ半ごろまで釣りをして、宵五ツには藩邸に戻ってくるはずであったが、未だに音沙汰がなかった。

「どうやら、船が難破したかもしれん」

夜になって、江戸湾は野分の影響で荒れ出してきた。波打つ海を、真夜中に探す術《すべ》もない。一夜まんじりともせずにいた沢村が、四人の重鎮を集めたのは東の空がぼんやりと明ける、東雲《しののめ》といわれるころであった。

「どこかで漂流をしているとも考えられます」

重鎮四人の中では、四十歳半ばになるが一番若い勘定奉行の大野が口を出した。

「そうかもしれん。ここは早く船手方役人に届け出て、探索なされたほうがよろしいですぞ」

五十歳前と見られる江戸留守居役田所が、大野に同調した。

「いや、それは叶わん」

沢村が、大きく首を横に振った。五十半ばの弛《ゆる》んだ頰が、同時にぶるんと動く。

「どうしてでござる？」

「分からんのか、家老のくせして」

沢村が次席家老の畑山に、顔を顰《しか》めて苦言を放った。言葉の荒さに、畑山は目尻を吊り上げ無言で反抗心をぶつけた。

「もし釣り舟が難破し、若君が命を落とされたとしたら……」

「あっ」

筆頭家老の言葉に、三人同時に口が開いたままとなった。

「山藤家は、断絶となるのよ。いやであっても、最悪のことは考えておかんといかんであろう」

意味が通じたか、畑山の細い目尻は下がっている。口をへの字に曲げて、苦渋の表情を示す。

次期藩主も亡くなり跡継ぎがいないと幕府に知れたら、即刻お家は断絶となる。十日後登城するまでに、この難局を打開するために重鎮そろっての謀議がなされた。

「若君が見つからぬとあらば、当家は断絶……」

江戸留守居役田所の目から、悔し涙が数滴膝の上に滴《したた》り落ちた。今や、誰もの口から出るのは、嘆きの声ばかりである。

「嗚呼《ああ》、なぜにご家老は若君の烏賊釣りをお許しになった？」

筆頭家老の沢村に向け、次席家老の畑山の怨み言が飛ぶ。互いに五十歳を過ぎた皺顔を燻《くすぶ》らせ、家老たちが苦言を言い合う。

「今さら過ぎたことをあれこれ言っても仕方ないであろう。ここは、これから先の対処を、いかにしておこなうかという論議の場だぞ。嘆いている場合ではない」

さすが筆頭家老だけあって、表向きは落ち着いている。しかし、心の奥底には悲痛と沈痛が入り混ざり、槍のように突き刺さっている。

「とりあえず、万が一の場合を考えて手を打たねばならん」

右京が江戸湾に烏賊釣りに出かけたことを知っているのは、上屋敷の中でも数人の家臣しかいない。まずは、若君一行が海難に遭ったことが表沙汰にならぬよう、内外に向け、固く口を封じることにする。気がかりなのは、右京が釣りに出たことを知っている芝浜の漁民たちである。

夜が明ける前に、真っ先に手を打つことにした。出馬《いづま》と三枝《さえぐさ》という、主君を警護する徒《かち》十人組の頭《かしら》と副頭が、芝の浜へと赴《おもむ》いた。

「野分が遠くに来ているのを知らずに舟を出したのは、船頭の落ち度でさあ」

芝浜の網元に頼み込み、烏賊釣り舟を出したのである。網元が唇を嚙みしめ、その責を口にした。

「これを船頭と漁師の家族に……その代わり、このことは絶対に外には漏らさぬように。それと、舟を捜すことは叶わん」

大々的に捜したいが捜せない事情に、家臣たちの苦渋があった。その理由《わけ》を、網元も痛いほどに感じている。

「でないと……」

三枝が刀の柄《つか》に手を置いて、無言の威圧を示した。漁民に対しては、それ以上は手を出せない。殺して口を封じたらそれこそ大事になり、たとえ右京が生還したとしても山藤家は壊滅してしまう。その道理が分からぬほど、愚かではない。

「分かっておりますとも。絶対に口は封じておきます」

幾ばくかの金に脅しを加え、緘口《かんこう》の厳守を誓わせた。

十五日は朝から夕方にかけ、江戸湾には珍しくさらに大きなうねりを生じる高波が押し寄せていた。この日江戸湾に見かける船といえば、遠く沖合いに大型の廻船が帆を降ろして停泊しているのが見えるだけだ。波が静まるのを待っているのであろう。漁舟や屋形舟や荷運びをする艀などは、船着場の杭につながれ一艘も海には出ていない。

「江戸湾は大荒れでして、やはり釣り舟は……」

藩邸に戻った出馬と三枝は、筆頭家老の沢村に告げた。

「難破の公算が高いか」

「かなり腕扱《うでこ》きの船頭と聞いてますので、まだ早計かと。どこかに漂流していることも考えられます」

望みをもたせる出馬の意見であったが、見せる表情は曇っている。

「そなたたちの手下《てか》を使って、捜せんかの？」

「はっ。国元から連れてきました乱波《らっぱ》なら、あのくらいの荒れた海は、屁のような……いや、どうということもないと思われます」

乱波とは、山藤家が抱えた忍《しのび》たちである。国元から連れてきた者たちはみな、手漕ぎ舟を扱っていた。幼いときから日本海の冬の海で揉まれてきた男たちである。そこの荒波と比べたら、江戸湾の時化《しけ》などさざ波のようなものだと出馬は言う。

「あの者たちでしたら、海が時化ていても捜し出せるかもしれません」

「よし、今すぐに手配せよ」

筆頭家老沢村の命《めい》が下り、すぐさま出馬と三枝は動いた。普段は厩《うまや》番や屋敷の下働きとして働く乱波を五人集めた。みな、舟の操作に精通した者たちだ。

「これから……」

出馬の口から、乱波たちに任務の内容が説かれた。

朝五ツを報せる鐘の音が遠くから聞こえた、ちょうどそのときであった。

「組頭どの、ご家老が今すぐこられたしと。まだ、動くなとの仰せです」

沢村からの呼び出しであった。事《こと》は急ぐのになぜに止めると、出馬の訝しがる顔があった。

「ちょっと、待ってろ」

何か策があるかと、血気盛んに動き出そうとする乱波たちを引き止めて、出馬と三枝は筆頭家老沢村のもとへと向かった。

家老の御用部屋に、今朝方の重鎮四人がそろっている。誰一人、穏やかな顔をした者はいない。年寄りではあるが、その眼光の鋭さに出馬と三枝の頭は下がったままだ。

「二人とも、面《おもて》を上げよ」

命じたのは、次席家老の畑山であった。痩せぎすの顔に横たう、神経質そうな細い目で睨む。野狐《のぎつね》を連想させる面相である。

「今、四人で話し合ったのだが……」

荒唐無稽な無理難題が、家臣二人に下されようとしている。

「ちこう寄れ」

筆頭家老の沢村が、閉じた扇子《せんす》で出馬と三枝を近づけさせた。

六人が丸座となって、頭をつき合わせる。輪から漏れぬほどの小声となって、沢村が語り出した。

「万が一《いつ》、若君が見つからなかったときのことを考えておかなくてはならん。もう跡取りが決まっているからには、養子縁組は叶わぬことだからな」

沢村の言葉に、五人がそろってうなずく。意味は分かっているようだ。

「それで、姑息《こそく》な手段に打って出ることにした」

「姑息とは……？」

出馬が小声で問うた。

「姑息の意味も知らんのか。一時凌《しの》ぎの方策っていうやつだ。けして、卑怯なという意味ではないぞ。もっとも、考えようによっては卑怯かもしれんがな」

「ご家老、余計なことは……」

留守居役の田所が、咳払いをして沢村をたしなめた。

「姑息の意味は知っておりますが、その手段とは……？」

さらに前傾姿勢となって、出馬が耳を傾けた。

「若君に似た子供を連れてまいれ」

沢村が、一気に言い放つ。

「今、なんと……？」

「おっしゃられましたか？」

上体をそらし、出馬と三枝の仰天した顔が沢村に向いた。他の重鎮三人が驚かないのは、謀議した上で同意が交わされたのであろう。むしろ、小さくうなずきも見える。

「この際やむを得ん。代わりの子供を若君に見立て、上様と謁見させることにする。

影武者というのがあろう、それよ」

「子供の影武者でござりまするか？」

「ああ、そうだ。先代の逝去を届け出た際に幕府からの使者がきて、若君の面は割れているからの。どうしても、似ている子を捜してこなければならん。それさえできれば、あとはいかようにもなる」

　それが叶わなければ、山藤家は無嗣子《むしし》で即刻断絶の沙汰が下される。われらが領土は天領となると、沢村は言葉を添えた。

「家臣一同とその家族。明日からは食《は》む禄もなくなり、路頭に迷うことになるのだぞ。むろん、若君を捜し出すことは怠るでない。見つかれば、それに越したことはないからの」

　沢村につづき、次席の畑山が口にした。

「若君の顔は存じておろう。少し丸顔で……」

「次席様、これを……」

　勘定奉行の大野の顔が畑山に向いた。

「なんだ？」

　大野が懐から数枚の草紙紙《そうしがみ》を取り出しすと、畑山に差し出した。

「ほう、よく似ておるな」

どれも同じ絵が描かれてある。若君右京の似せ絵であった。顔の脇に、背丈などの身体の特徴が書かれ、釣りに出かけたときの、着物の色なども書かれてある。

『身の丈四尺一寸　御齢十歳前後　丸顔　小袖は鼠《ねずみ》色　袴は茄子紺《なすこん》色　その上に厚い褞袍《どてら》を着込み……』などと。

出馬と三枝に、似せ絵が手渡される。

「絵が達者な配下に画《か》かせたものでな、若君によく似ておる。しかし、これはあくまでそなたらが見るもので、ほかの者に見せては絶対にならんぞ」

「心得ております」

大野の、注意が一言あった。

二人の懐に、似せ絵がしまわれた。

「連れてくる子は一人では心もとない。少なくとも二人、いや三人は連れて来い」

厳命するのは、沢村であった。

「三人もですか？」

「ああ、そうだ。その中から、一番似ている子を選ぶ。それも、今日中にだ」

「はっ」

不可能と思えど、厳命には従わなくてはならない。それよりも何よりも、山藤家が存亡の機にある。家臣たちの行く末は、自分たちの双肩にかかっていると、出馬と三枝の覚悟があった。

「かしこまりました」

畳に額をつけるほど一礼をして、二人はその場を辞した。

五

若君右京の影武者を立て、その場を繕《つくろ》う姑息な手段に打って出た。そして、三人の子供が槍玉となった。

右京に似ている子供を拐かすことができたのは、偶然と幸運の産物といってよい。

しかも、半日も経たずに三人も連れてくることができた。

それでも、右京本人を捜し出すことを、まだあきらめているわけではなかった。引きつづき、乱波たちにより極秘の捜索はつづけられていたのだが、右京の消息は依然として不明で、釣りに出てから三日の時が経った。

今、拐かしてきた子供たちは屋敷の奥の座敷牢へと留め置いてある。

この日も朝から、家老の御用部屋で重鎮四人が集まり謀議をしている。

「ご家老、そろそろご決断を下されませんと……」

江戸留守居役の田所清兵衛が、沢村刑部に諫言する。

「言われなくとも、分かっておる」

沢村刑部の、焦りを含む不機嫌そうな返しがあった。自然と声音が荒くなる。

右京に代わる者を三人のうちから一人選んで、元服させなくてはならない。前髪を断ち、藩主としての心得を、つけ焼刃でも仕込んでおかなくてはならないのだ。明後日の十九日には、山藤家一門大名との面談がある。さらに、いつ幕府から使者が訪れるかも分からない。そのためにも、急ぎ影武者を立てなくてはならない。成りすましの準備に、一日以上は必要だ。

昼近くになって、決断が迫られていた。

「もうここまできたら、若君はあきらめるよりほかない。まったくもって、無念だ」

膝の上で拳を握り、沢村が苦悶を口にしたところで、それに追い討ちをかけるような報せが入る。

「よろしいでしょうか？」

固く閉ざされた襖の外から、低く押し殺した声が通った。

「おお、出馬か……入れ」

「はっ」

静かに襖が開くと、家臣が二人頭を下げ、中腰のまま入ってきた。徒十人組頭の出馬と、副頭の三枝であった。

「若君が、見つかったのか？」

二人が座るのも待ちきれず、問うたのは次席家老の畑山であった。あきらめきれない気持ちが、語調に表れている。

「いや……」

と言ったきり、出馬と三枝は土下座をするように這いつくばり、畳に額を擦りつけた。

「どうした？　それじゃ、話にならんだろう。面を上げろ！」

畑山の怒声が二人の月代に向かって飛ぶと、出馬と三枝の頭が上がった。

「いかがしたというのだ？」

怒り口調を抑え、改めて畑山が問うた。

「先だって、鉄砲洲の島方会所で見つかりました子供の遺体は……」

「あれは、どこかの旗本の小倅と聞いておるが」

先だって、鉄砲洲の島方会所沖で子供の遺体が揚がったとの報せを受けた。それは、どこかの旗本の倅と聞いて、複雑ながらもほっと安堵したものだ。

出馬の話をみなまで聞かず、沢村は言葉を重ねた。その声に震えが帯びるのは、いやな予感が頭によぎったからであろう。

「どうやら、その遺体が若君のようでして」

「なんだと！」

横並びとなった重鎮四人のそろった驚愕があったのは一瞬で、その後は体を支えきれず畳に手をつく者、がっくりと首をうな垂れる者、天井を見据えて嘆く者、そして腕を組み考え込む沢村の姿があった。あきらめてはいたものの、やはり、あからさまに現実を知らされては、落胆せずにはいられない。

「よほど遺体が傷《いた》んでいたのか、どうやらその旗本は自分の子と、人違いをしていたようでございます」

出馬と三枝は、鉄太郎たち三人を攫ったあと、周囲の様子を探りに出向いていた。舟を漕げる乱波たちは右京の捜索で出払っていたため、出馬たちは芝の船頭を雇った。そこで、丈一郎は三枝たちと出会ったのである。

「嘆いていても仕方があらん。それで、山藤家《こちら》のことは……？」

沢村が、上半身をせり出して問うた。

「いえ。意外にも今のところ、まだどこにも気づかれていないようで、ご安心くださ い。町名主や船手方の番所役人から、それとなく訊き出しましたが、三人の子供の捜索願いは出されておりませんでした。町奉行所にも、目立った動きはないようでございます。子供の身を案じ、騒がないほうが賢明と思っているからでございましょうか」

出馬の語りに、重鎮一同ほっと安堵の一息を吐いた。

「……あと六日か。それまで、露見されねばよいのだが」

沢村の、呟きがあった。

六日後に控える千代田城の登城を済ませ、後継を認められればあとはなんとかなる。少なくとも、三年は当主不在でも乗り切れる。祝賀行事などでの将軍謁見は、病弱を理由にして親戚筋の大名を代理に立てればよいことだ。その間に、然《しか》るべきところから養子を迎え入れる。

とにかく、右京が元服し藩主隆常が生きていることにすれば山藤家の改易は回避される。重鎮たちの謀議で、そんな目論見《もくろみ》がなされていた。

千代田城の御広間では、黙って座ってくれるだけでよいのだ。その役が鉄太郎か波次郎か、はたして三吉のいずれかになるのであろう。

「よし、もう出馬と三枝は動かんでよい。乱波たちによる、若君の捜索はこれで打ち切りにせよ。もうこの先余計な探索は、気づかれる元だ」

あきらめが苦慮の決断と変わる、沢村の口調であった。

「座敷牢にいる、三人の子をここに連れてまいれ」

沢村の命《めい》が、出馬に下された。

上屋敷の奥の奥にある牢部屋から外廊下、中廊下といくつもの廊下を曲がり家老の御用部屋へと鉄太郎と波次郎、そして三吉の三人が連れてこられた。目隠しはされていないが、どう辿ってきたのか、一度通っただけでは覚えきれない屋敷の広さであった。

「連れてまいりました」

「よし、入れ」

出馬の手で襖が開かれ、三人は背中を押されるように部屋へと入った。すると、四人の重鎮たちが横並びで一列に座っている。みな眉間に皺を寄せ、苦虫を嚙み潰《つぶ》したような渋い顔をしている。

　重鎮たちと向かい合い、鉄太郎を真ん中にして右に波次郎、左に三吉が座った。連れてこられたときに、沢村とは一度会っている。目隠しを急に解かれ、百目蠟燭《ろうそく》の明かりが逆光となり眩しくて、そのときは沢村の顔をよく拝めなかった。「――よし、一番酷い座敷牢に留めておけ」と言った言葉が、三人の耳に入っただけだ。

　山藤家の上屋敷には、牢部屋が三部屋ある。子供が怖がり、おとなしくしているとでも思ったのか、それにしても酷い牢部屋であった。

「ほう、三人とも若君によく似ておりまするな」

　勘定奉行の大野が、得心をするような声を発した。

「さて、この三人のうちで、誰を若君にするかですな」

　江戸留守居役の田所が、隣に座る沢村に小声で話しかけた。

「お爺《じい》さんたち……」

　声を出したのは、鉄太郎であった。重鎮四人ともみな、祖父である奥田義兵衛と同じ年代である。

「爺さんだと？」

「怒るな、勘定奉行。子からすれば、爺さん呼ばわりは仕方があらん。今、爺さんと言った真ん中の子は気が強そうだが、名はなんと申す？」

「鉄太郎……」

口をへの字に曲げて、沢村を見据えるように鉄太郎は返した。

「なかなか、頼もしいの。それに、元気があってよい。そなたは、武士の子か？」

「ああ、そうだ。拙者に変なことをしたら、爺ちゃんが黙ってないぞ」

鉄太郎が、精一杯の虚勢を張った。

「拙者とは一端《いっぱし》であるが、爺ちゃんというところはまだ子供でありますな」

勘定奉行の大野が苦笑をしながら言った。

「余計なことを言うのではない。ほう、そんなに爺さんは偉いのか？」

大野をたしなめ、沢村は鉄太郎に問うた。

「家の中では、一番だ」

「なんだ、家の中でだと？　こいつはおかしい」

「それと、おばさんは閻魔《えんま》さまの女房だって」

「閻魔の女房だと。誰がそんなことを言っておった？」

「爺ちゃんが、ずっと前に言ってた」

重鎮四人が、声を立てて笑った。鉄太郎は、馬鹿にされていると思ったか、両頬を膨らませて怒った形相である。

「笑っている場合ではない」

すぐに沢村が表情を真顔に戻すと、笑い声は揃って止まった。

「それと、こっちの子」

沢村の顔が、波次郎に向いている。

「名はなんと申す？」

「手前は、波次郎」

四人の重鎮に見据えられ、萎縮するか波次郎の声音にいつもの元気さがない。

「手前というからには、商人の子か？」

「はっ、鉄砲洲の廻船問屋……」

三人を見張るようにうしろに控える出馬が、波次郎の代わりとなって答えようとした。

「そなたは黙っておれ。子供たちに答えさせよ」

「はっ」

沢村にたしなめられ、出馬が畳に額を擦りつけた。

「どこの商人の子だ？」

「…………」

沢村の問いに、波次郎は口を噤《つぐ》む。

「黙っていては、分からぬであろう」

「言いたくありません」

しっかりとした口調で、波次郎は拒絶した。

「家に帰してくれたら、教えてあげます」

「ほう、条件を出してきおった。やはり商人の子とあって、駆け引きをいたすな。勘定奉行は、少しは見習ったらよい。だがな波次郎、そなたがどこの子かはもう知っておるぞ」

「だったら、訊かないでください」

「ずいぶんと、こまっしゃくれたことを言う子供であるな」

波次郎の受け答えにいきり立ったのは、次席家老の畑山であった。

「まあ、怒るな次席どの。なかなかしっかりしていてよいではないか」

「はっ」

次席どのと言われたのが気に入らないか、仏頂面を畑山は見せた。

「こっちの子」

沢村の顔が、三吉に向く。

「そなたの名は？」

「さんちゃん……」

「さんちゃんというのは、俗名であろう。本当の名は？」

「しらねえ」

ふんと脇を向いて、三吉は惚《とぼ》けた。

「これ、自分の名を知らぬ者はおるまい。訊かれたことには、きちんと答えよ」

田所が怒り口調で、三吉をたしなめた。

「まあ、怒るな留守居役どの。さて三吉、おぬしの名は知っておる」

「知ってるなら、訊くない」

「……どれもこれも、そろって生意気な餓鬼どもだ」

ぶつぶつと、大野の呟きが聞こえた。

「なぜにおまえたちを、あんな酷い部屋に閉じ込めたのか分かるか？」

沢村の問いが、誰にともなく向けられた。

「分かりません」

分かると答えると、すぐにも口封じで殺されると鉄太郎は思っていた。いや、分からなくてもいずれ殺され、生きては家に戻れないことも予見している。

あの座敷牢は、処刑をするために設えられている。若さまが見つかったら、あの牢屋の中で、三人は斬り殺されることまで読んでいる。それを口に出してはならない事情が、この大名家にはあった。

——あの牢部屋にいたら、殺される。

鉄太郎の頭の中では、そこまで気が回っていた。

——絶対に抜け出してやる。

心に抱いたものの、助かる道は二つしかない。無理にも逃げ出すか、誰かが助けに来てくれるかだ。しかし、後者を望んでいては、命を落とすほうが先になりそうだ。

——どうやって逃げ出そう。

鉄太郎の頭の中は、このことで一杯となった。とにかく広い屋敷で、逃げても途方に暮れそうだ。それと、長屋塀には家臣が多そうだ。逃げ出すのは至難と、鉄太郎の気持ちは引け目になった。

「この三人のうちで、誰かが若さまの代わりになるのでしょ？　そういうのを影武者って言うんだと、本に書いてあった」

どうせ殺されるなら、話してしまえという気に鉄太郎はなった。そのやり取りの中から、逃げ出す手立てを模索することにした。

六

鉄太郎の言葉が図星となって、重鎮たちがそろって驚く顔を向けている。

「誰かが話したのか？」

子供たちのうしろに控える、出馬と三枝に沢村の声が飛んだ。

「いえ、滅相もありません。話したなどと……」

盛んに首を横に振り、出馬と三枝が問いを打ち消す。

「鉄太郎の言うことはもっともだが、その話を誰から聞いた？」

「そんなの分かるよ。なあ、なみちゃん」

右に座る波次郎に、鉄太郎は話を振った。

「うん。手前たちを捕まえるとき『わか、わか』と言ってれば、誰だって若さまのことだと思うでしょ。なあ、さんちゃん」

中に座る鉄太郎を通り越し、波次郎が三吉に話しかけた。

「おいらたち、似てるもんね。だったら若さまも似てるんだぜ、きっと……なあ、てっちゃん」

三吉が、鉄太郎に相槌を求めた。

「たぶん、若さまがいなくなって、その代わりになる子供を捜してたんだ。そういうことだよな、なみちゃん」

話が振られるたびに、目まぐるしく重鎮四人の顔の向きが変わる。

「手前がうんこをしてるとき、若さまと間違えて……」

「もうよい」

顔を顰《しか》めて、沢村が波次郎の言葉を止めた。

「まったくその通りだ。ならば、細かいことを言うことはあるまい。これから三人のうち一人に、若君の代わりとなってもらう。誰か、若君になりたい者はおらんか？」

「はい」

「はい」

「へい」

三人がそろって同時に手を上げた。みな、臭い牢部屋から抜け出したいとの思いがある。

「一人だけでよいのだ。だが、若君になったからには、少なくとも三年はこの屋敷の中にいなくてはならん。外に、一歩も出ることは叶わん。あとの二人は、家に帰してやるぞ。どちらがよいか、もう一度考えて決めろ」

三人は、究極の選択を迫られた。しばらく考える間が与えられ、三人が思案顔となった。

「よし、もう一度問う。家に帰りたい者は……？」

再び沢村の口から問いが発せられた。

「はい」

「へい」

手を上げたのは、波次郎と三吉であった。鉄太郎の手は下りている。

「となると、鉄太郎だけが若君になりたいのだな？」

「そうじゃないや。この爺さんの、嘘つき！」

鉄太郎が、片膝を立て怒号を発した。

「これ、ご家老に向けてその口の利き方はなんだ！」

勘定奉行の大野が、大声で鉄太郎を咎めた。

「よい、大野。それで、嘘つきとはどういうことだ？」

「一人だけ残し、あとの二人を殺そうとしているんだ。さんちゃんになみちゃん、そんな手に乗ることないよ」

両脇に座る二人が、驚く顔を鉄太郎に向けている。

「音乃おばさんが言ってた。他人《ひと》の甘い口には気をつけろって。家に帰して、ペラペラとしゃべられては一巻の終わりだからね。だとしたら……」

「だとしたら、どういうこと？」

三吉の、心配そうな顔が鉄太郎に向いた。

「さんちゃんは、口封じって言葉知ってる？」

「いいや、おいら知らねえ」

「だったら、少しは本を読んだほうがいいよ」

「手前は知ってるよ。余計なことがばれないように、殺してしまうことだ」

波次郎が、三吉の代わりに答えた。

「おいらたち、殺されてしまうのか？」

「ああ。今すぐにか、三年後かにね。どの道、家には帰してくれっこないよ」

「だったら、三年後のほうがいいな。おいら、若さまになるぜ」

「手前も……」

「拙者も」

三人が、そろって若君を選んだ。だが、鉄太郎がすぐに答を覆す。

「でも、二人に悪いから拙者は若さまにはならない」

「手前も、てっちゃんと同じ」

「おいらも、おんなじだ」

すると、二人も鉄太郎に倣《なら》った。若君になりたいというのは、一人もいなくなった。

「そうなると、こっちで決めなくてはならんな。おのおの方、誰が一番若君にふさわしいと思われる？」

沢村が、三人の重鎮に問うた。

「いずれも一長一短がございますな」

誰からともなく意見が出る。

「真ん中の鉄太郎は、しっかりしているのはよろしいのですが、しかし、口が多すぎて、事が露見するのが危ぶまれます」

「三吉は、言葉を直すのが難儀ですな。ですが、若君に顔はそっくりです」

「波次郎は、この中では一番顔が似てないですが、受け答えはきちんとしている」

「ああ、誰を選んでよいのか分からん」

「ご家老。これは大事なことですので、半刻ほどよく話し合って決めたほうがよろしいかと……」

「そうだな、大野。選ぶ者によって、この策略がうまくいくかどうかが決まるからの。慎重に当たらねばならん」

沢村が、大野の言葉に乗った。

「これ出馬……」

「はっ」

「三人を、座敷牢に戻しておけ。決まったら、一人だけ牢から出してやることにする」

「かしこまりました」

長い廊下を戻り、再び三人は座敷牢へと入れられた。

半刻後に、一人だけ誰かが呼ばれる。

「誰が選ばれても、恨みっこなしだよ」

「わかってるよ、てっちゃん」

「ああ、おいらもだ」

子供たち三人の、覚悟の取り決めがあった。

「でも、死んでここを出るのはいやだ」

「おれだってそうだよ。だけど、一人は若さまになって、二人は殺されるんだ」

波次郎の言葉に、鉄太郎が応じる。

「おいらも死ぬのはやだ。まだ、造りかけのお神輿《みこし》があるから」

さらに同じと、三吉も加わる。

「だったらわかった、こうしよう。なみちゃんも、ちょっと耳を貸して」

三人の頭がくっつくほどに近づいた。座敷牢の外では見張りの番人が、床几に腰掛けうつらうつらしている。

「なみちゃんは、廻船問屋の子だろ？」

「うん」

「だったら、舟は漕げるかい？」

「ああ。そんなのはかんたんだ。五つのころからやってるもんね」

「だったら、決まりだ」

鉄太郎の口から、策が語られる。

それから四半刻後――。

互いを罵り合う声が、牢屋の中で湧き上がった。その声で、居眠りをしていた番人が目を覚ます。

「これ、何を喧嘩している。おい……やめろ！」

口喧嘩がやがて、三つ巴《どもえ》の取っ組み合いとなった。

「これ、やめんか！」

三人のうち一人は、若君の代わりとなる。

子供たちに、絶対に怪我をさせてはならないと厳命されている。これはまずいと番人は、出入り口の錠前を外し牢の中へと入ってきた。波次郎と三吉が、重なり合ってゴロゴロと転がっている。

「おい、二人とも離れろ」

番人が、力ずくで喧嘩を止める。その機を見計らい、鉄太郎は床に置かれた六本の鍵が留めてある輪金の中から、座敷牢の錠前を開ける一本の鍵を抜き取った。

一本抜き取っても、番人は気づかない。

「もういいよ」

鉄太郎の合図に、ようやく波太郎と三吉の体が離れた。

「おとなしくしておれ」

牢から出た番人は錠前をかけ、元の床几へと腰をかけた。

「手に入れたよ」

鉄太郎が、懐にしまった鍵を差し出して見せた。

三人の間でさらに策が練られ、そしてさらに四半刻が過ぎた。

牢部屋の襖が開き、出馬と三枝が入ってきた。

右京の代わりとなる者の名が呼ばれる。三人は、ゴクリと生唾を呑んだ。

「これ三吉、出られよ」

三吉の名が呼ばれ、三人は安堵の息を漏らした。やはり、一番顔が似ている者が選ばれたのだ。

こういうこともあろうかと、番人の隙を見て錠前は外しておいた。

「……おかしいな、錠前が外れている」

番人は小さく呟くと自分の落ち度を隠し、鍵を選ぶ前に出入り口を開けた。

思う壺に、鉄太郎がクスリとほくそ笑む。

三吉が若様になるとの前提で策を練った。もし違った名であったら、三吉が願い出る目論見であった。その手間を、省くことができただけでもありがたい。

「あとの二人は、しばらくここでおとなしくしているように」

案の定、すぐには殺されないことが、鉄太郎には分かっていた。少なくとも、三吉が右京の代わりを無事務め終えるまでは。なぜなら、三吉の身に万が一にも何かあったときは、その代わりとなる者を置いておかねばならないからだ。すぐには殺せない事情までも、鉄太郎は読んでいたのである。それを、見越しての策であった。

「よかったな、さんちゃんで」

三吉が出ていったあと、鉄太郎と波次郎がにっこりと顔を見合わせた。

「——必ず助けに来るから。ここは、さんちゃんが若さまになってくれ」

「おいら、気張ってやるよ」

三吉が応じ、鉄太郎が考えた策が実行される。

あとは、脱出する機をうかがうだけだ。

夜の帳《とばり》が下りてからでは、外は暗闇となって動けない。だが、提灯で足元を照らすことも叶わない。逃げ出すとすれば、とっぷりと日が暮れるまでの短い時限、薄暮の時しかないのだ。夕飯が運ばれてくるのは、暮《くれ》六ツ少し前。それが来てからは、しばらく訪れる者はいない。

その幾ばくの時が勝負と、鉄太郎は見立てていた。

右京の身代わりとなる三吉が座敷牢から出され、鉄太郎と波次郎は不味《まず》い夕飯が来るのを待った。

暮六ツに夕飯が運ばれ、そこで番人も交代となる。そのあとは、翌日の朝まで牢部屋には誰も来ない。それまでに、鉄太郎と波次郎は屋敷を抜け出そうとの算段であった。問題は、いかにして屋敷の外に逃げ出すかだ。よしんば逃げ出したとしても、家までの道筋が分からない。見つかったらどうしようなどと、不安は山ほどある。だが、鉄太郎と波次郎は、そんな不安に打ち勝つ勇気を備えていた。

「牢から出ちまえば、そんなのなんとかなるよ」

「ああ、てっちゃんがいれば手前はへっちゃらだ」

二人は互いに鼓舞し合い、逃亡の策は実行へと移った。

腹が減っては戦《いくさ》はできぬとばかり、夕食の不味い食事を平らげ、じっと機をうかがっていた。

交代した番人は、相手は子供だと油断をしているか、顔が赤い。外で酒を呑んできたと見える。そのためか、交代をしてから四半刻もしないうちに鼾《いびき》が聞こえてきた。

「今だな」

「はい」

波次郎が返事をして、奪っておいた鍵を錠前の穴に差し込んだ。

座敷牢の出入り口を開けて外に出ると、鉄太郎は番人が杖代わりに抱える大刀を手にした。無理矢理奪い取ると、支えを失った番人が、ゴロリと床の上に倒れた。その衝撃で、目を覚ます。

「何ごとがあった？」

薄ら眼《まなこ》で目の前を見ると、二人の子供が立っている。鉄太郎の手には、大刀の抜き身が握られている。

「おじさん、立ってくれない」

刀の鋒《きっさき》を番人の鼻先に向けて、鉄太郎が言った。

「おまえら……」

「おれたちは、これからもたくさん生きたいんだ。だからここを逃げ出す」

拙者などと、気取った言葉は言ってられない。親から禁じられている言葉を、鉄太郎は使った。

「逃げ出せるとでも思っているのか？」

「ああ。そんなの、なんとかなるよ」

波次郎が、自信満々げに口にする。

「そんなんで、逃げるのを邪魔すると、おれ、おじさんを斬るよ」

必死の形相で、鉄太郎は番人を脅しにかけた。

「子供だからって、馬鹿にしちゃいけないよ。このてっちゃんは、今まで五人も人を殺したんだぞ」

波次郎の虚勢が、脅しに追い討ちをかけた。

「本当か？」

「嘘じゃないぞ。てっちゃんのおばさんは、閻魔さまの女房なんだ」

「つまらぬことを言うのではない。刀を置いて、座敷牢に戻っておれ」

波次郎の言葉がちょっと言い過ぎだったか、はったりと取った番人は平常心に戻った。すると鉄太郎は、間髪容《かんはつい》れずに大刀の物打ちを、大上段から振り下ろした。ビュンと音を鳴らし、番人の目の前の空気を切り裂いた。

「今度は、半歩前に出るよ」

鋒《きつさき》が届くまで鉄太郎は近づき、刀を天に向け上段に構えた。

「わっ、分かったからどうする？」

鉄太郎に殺気を感じた番人は、とうとう折れた。

「おれたちの代わりに、牢屋に入ってくれない」

鋒を背中に突きつけ、番人を座敷牢へと入れると錠をかけた。これで、一夜の間は逃げ出したことが外には漏れない。

「どうやって鍵を開けた？」

「そんなの簡単だ。この鍵を返してやるよ」

座敷牢の中から発せられる番人の問いに、鉄太郎が得意げに答えた。壁に架かる輪金に、鉄太郎は座敷牢の鍵を戻した。

「こんな臭いところ、二度と入られるのはやだからね」

波次郎が苦言を残し、二人は牢部屋を抜け出した。屋敷の中は、壁の燭台に明かりが灯され難なく歩くことができる。だが、外に出てからは足元を照らす明かりが必要な時限となっていた。そのために、壁から外した燭台を手にしている。

「なみちゃん、右に十歩……」

鉄太郎は、外廊下に行くまでを、歩数でもって計っていた。右に十歩行って左に曲がり、三十歩行ってつき当たりをさらに左に曲がる。

外廊下に出れば、庭に下りられる。とっぷりと日が暮れ、夜の帳《とばり》は下りている。

「なみちゃん、だいじょうぶか？」

「ああ、手前は平気だ」

強がりを言うも裸足《はだし》で足の裏は痛いし冷たい。着ている物は、襦袢《じゅばん》の上に鼠色の小袖と茄子紺色の袴だけの薄着である。夜が更けるにつれ、寒さが増してくる季節であった。しかし、暗くて冷え込むおかげで外出を控えるか、家来や奥女中などと遭遇することはなかった。

広い庭を徘徊しているうちに、長屋塀の一角に裏御門を見つけた。

「あそこから、出られる」

脇の小さな出入り口は閂《かんぬき》一本で閉められ、横にずらせば難なく開けられる。外に出られたものの、鉄太郎は方向を迷った。まずは、舟がつけられた将監橋の桟橋を目指すが、裏門から出たので頭に描いていた歩数は役に立たない。

「てっちゃん、どうするんだい？」

鉄太郎の迷いに、波次郎が不安を口にする。

「分からなくなったら、右だ」

ここからが、鉄太郎が並の子供と違うところだ。屋敷の塀に沿って半周すれば正門に回れる。そこから歩数を数えればよいのだと、冷静になれた。

とにかく金杉川に出れば、どこかに舟が停まっている。それに乗れさえすれば、波次郎が舟を漕ぐだけだ。四半刻もすれば、鉄砲洲まで行ける。望みが湧いて、二人は暗い道を燭台の淡い明かりを頼りに速足となった。

子供と駕籠かきでは歩幅が違う。鉄太郎の勘定に狂いが出て、まったく道に迷った。見知らぬ土地で、銭もなければ頼れる人もいない。燭台の明かりは、油が尽きてやがて消えると、あたりは真っ暗となった。今夜は月は雲に隠れ、空からの明かりはない。心細さが、身に滲《し》みたところであった。

「おい、坊主たちどこに行くのだ?」

いきなり声をかけられ、背後が明るくなった。振り向くと、提灯《ちょうちん》の明かりの中に商人風の男が二人立っている。

「おや、裸足で薄着じゃないか。こいつは可哀想だ、これを着なさい」

二人の男は着ている羽織を脱ぐと、鉄太郎と波次郎の肩に被《かぶ》せた。地獄で仏に会ったような気がして、鉄太郎と波次郎はほっと安堵の息を大きく吐いた。

「おじさん、この辺に桟橋がある?」

「桟橋ってのは、舟が停まっているところか?」

波次郎の問いに、男の一人が答えた。怪しい素振りはどこにもない。むしろ、羽織をかけてくれた温かみを、鉄太郎と波次郎は全身に感じていた。

「途中まで一緒に行ってあげよう」

提灯の明かりの中で、にっこりと浮かぶ男たちの顔に鉄太郎と波次郎は安心しきったか、大きくうなずいて見せた。

「ここまでくればもうすぐだ。この道を真っ直ぐ行けば川に出る。暗い道だから、この提灯をもっていきな」

どこまでも親切な商人たちであった。逆の方向に向かう商人たちに、鉄太郎と波次郎は大きく頭を下げた。

将監橋の袂の桟橋に、舟が二艘停まっている。そのうちの一艘に、二人は乗り込んだ。

両岸の常夜灯に明かりが点《とも》り、それが舟の水先案内となった。さすがに波次郎の舟漕ぎは手馴れたもので、江戸湾に出るまでは快適な夜舟であった。だが、海に出ると波があるし、潮の流れもある。舟を真っ直ぐ進めるには、大人でも倍の力が必要となる。ましてや川舟では、潮流に逆らうのも一苦労である。

「おい、なみちゃん。陸が遠くなっていくみたいだよ」

波次郎が必死に櫓を漕ぐも、引き潮に乗ったようだ。町の明かりが徐々に遠ざかっていく。

「やっぱり川舟で海は無理だった。もう、疲れちゃったよ」

波次郎の、櫓を漕ぐ手が止まった。

「休むのはいいけど、このままだとどこかに流されちゃうよ」

海に慣れていない鉄太郎は、さすがに不安がる。川とは違い、舟も大きく揺れる。立っていたら、海の中に放り投げられるような怯えも感じていた。

「どうしよう、なみちゃん？」

舟べりにしがみついて、鉄太郎が問うた。

「こういうときはてっちゃん落ち着いて」

幸いにも、商人からもらった提灯の灯が点っている。

「これを振ればいいんだ。もしかしたら、どこかの舟が見つけてくれる」

「さすが、廻船問屋のなみちゃんだ」

鉄太郎にも元気が湧いた。

落ち着けば、望みは向こうからやってくるものだ。

「ほら、来ただろう」

波次郎が、どうだと言わんばかりに威張った顔を見せた。

遠くから、龕燈《がんどう》提灯が鉄太郎たちの舟を照らしている。やがて、一艘の小舟が近づいてきた。小舟といっても、鉄太郎たちのものよりもかなり大きい、艀のような舟であった。それに、三人の男が乗っている。

「おお、子供が二人乗ってるぜ。おまえらこんなところで、何してる?」

三人とも無頼のように人相が悪いが、鉄太郎と波次郎には仏さまのように見えた。

「佃島に行きたいんだけど、流されちゃった」

地獄で仏に会ったとばかり、波次郎が三人にすがるように言った。

「そうかい。だったら俺たちが連れてってやるから、こっちの舟に乗りな」

男二人に舟べりを押さえてもらい、鉄太郎と波次郎は相手の舟に乗り移った。

「これで、手間なく三人目だな」

「さっきも一人……今日は、よく子供が流されてくる日だ」

男たちの顔は、ほくそ笑んでいる。その話し声に、鉄太郎たちは気づいていない。

「これなら、今夜の出航まで間に合いそうだ」

「何が間に合うっての?」

話し声の一部が、鉄太郎の耳に入った。

「いや、なんでもねえ。気にしねえでいいから、そこに座ってろ」

鉄太郎と波次郎が舟を移ると同時に、舟が動き出した。だが、乗ってきた舟がつながれていない。

「おじさん、手前どもの舟は?」

「あんなもんは、うっちゃっておけばいい。もう、用がねえだろ」

受け答えが、おかしい。

三人して舟を漕ぐ。進みも早く、そうこうしている間にも逆に陸から離れていく。

町屋の明かりがまったく見えなくなるほど、陸地から遠ざかった。

「おじさん。陸とは反対のほうに進んでいくよ」

波次郎が声をかけたが、男たちの返事はない。

「おれたちを、どこに連れていくんだ?」

異変に気づき、鉄太郎が大声で叫んだ。

「あの船に乗ってもらうよ」

目の前に、五百石船と見られる巨船が止まっている。逃げ出そうにも、海の上である。すでに陸からは、五町ほど離れている。そんなところで、さらに男たちから匕首《あいくち》をつきつけられ、二人は身動きが取れなくなった。

「おまえらの帰るところは、江戸ではねえ。ちょっと遠い国に行ってもらうことになる」

「なんでだ？」

鉄太郎が問うも、所詮は抗《あらが》えぬ抵抗であった。

「他所《よそ》の国でおまえらを欲しがっている。そこに行けば極楽が待ってるから楽しみにしていろ」

「なみちゃん、もうおとなしくしてよう」

「うん、わかった」

波次郎も気丈であった。

ここで逃げれば死ぬのは間違いない。どこに連れていかれようが生きていればなんとかなると、鉄太郎と波次郎は男たちに従うことにした。

船べりから垂れた縄梯子《なわばしご》を伝い、鉄太郎と波次郎は五百石船へと移された。甲板に立つと後ろ手に縛られ、自由が利かなくなった。

「縛らなくても、逃げはしないよ。こんなところで、逃げられるわけがないじゃないか」

「船室に行くまで我慢をしろ。以前、海に飛び込んだ者がいてな、その用心だ」

甲板から階段を下り、船底の船室に閉じ込められた。

「ここに、入っていろ」

紐が解かれ手は自由になったが、船室には鍵がかけられた。

そこには、六人ほどが捕らえられていた。そのうち三人は子供で男児一人、女児が二人いる。そして、あとの二人は十五、六の娘であった。みな同じ憂き目に遭って、どこかから連れて来られた者たちだ。板間に座り、力をなくしたように頽《くずお》れている。

もう一人、船室の隅《すみ》に座る男児に、鉄太郎と波次郎は目を瞠《みは》った。じっと見据える容貌が、二人にそっくりであったからだ。

第四章　瓢箪《ひょうたん》から駒

一

鉄太郎たちの身に、何が起きているかも知らず、音乃はその夜丈一郎と共に、与力梶村からの呼び出しを受けていた。

昼間、音乃は小網町あたりを長八と共に、青物屋のおかみから聞き込んだ、三吉がいなくなったとみられる永代橋あたりを探ったが、何も得るものはなかった。

丈一郎も、石川島でおかしな侍二人と遭遇したが、何もつかめずじまいで一日が過ぎようとしていた。

依然鉄太郎の消息が不明のまま、梶村からの呼び出しであった。新たな事件の発生かと思いきや、用件は意外なことであった。

「お奉行がな、今すぐ音乃に見合いをしてくれと申すのだ」

「今すぐとは……まだ、鉄太郎も誰も見つかっておらず、事件は暗礁《あんしょう》に乗り上げていますが」

丈一郎が、梶村に向け困惑した顔で言った。

「それは分かっておる。お奉行にもその旨をお伝えしたが、無理を承知での頼みごとだ。わしだって、いくら若年寄の頼みとはいえそれを断れないお奉行に、いささか呆れはしているのだ」

会うのがいやならば、蹴ってもよいという話ではもうなさそうである。

音乃はこのとき考えていた。そこまで奉行の榊原忠之が、この見合いを勧めるにはそれなりの理由《わけ》があるのだと。

「……でも、いったい何が？」

と呟くものの、事情が知れるわけがない。不穏な気持ちを抱きながら、

「お受けしますが、いつお会いしろと……？」

音乃が梶村に問うた。

「それが、明日の正午。楓川に架かる海賊橋《かいぞくばし》近くの、坂本町《さかもと》にある料亭『古兆《こちょう》』でどうだというのだ。お奉行は付き添えぬが、お膳立てはしておくとのことだ」

楓川は、江戸橋《えどばし》あたりで日本橋川と交差し、町奉行所組屋敷のある八丁堀と日本橋本村本町《もとむらほんまち》に挟まれた、南北に流れる新堀である。海賊橋は、その一番北側に架かる橋である。江戸開闢《かいびゃく》当時、船手頭の組屋敷、俗にいう海賊屋敷が建ち並んでいたところから、高橋の通称として海賊橋と呼ばれていた。

江戸の初期、船手頭は向井、九鬼《くき》、小笠原《おがさわら》、間宮《まみや》、小浜《こはま》、そして石川《いしかわ》家の六家が、初代将軍家康《いえやす》に仕え、水軍を指揮する役目に当たっていた。それから二百年が経った今、船手頭は五人いて向井家はその筆頭となって受け継がれ、継承名を将監としてその組屋敷は霊巌島の大川沿いに移されていた。

音乃の見合いの相手は、向井将監を本家としたその親戚筋に当たる、書院番士の向井正孝といった。書院番とは、若年寄の配下に置かれた、将軍警護を司《つかさど》る親衛部隊で出世組と目《もく》される。六組から成り、それぞれが番頭《ばんがしら》により統制され、番士五十名、与力十騎、同心二十名によって構成されている。向井正孝は、番頭である内藤備前守《ないとうびぜんのかみ》清嗣《きよつぐ》の組に属し、将来を嘱望された七百石取りの旗本であった。

正孝に関しては、それだけの知識を与えられての縁談であった。それにしても、翌日の正午とはかなり急といえる。

一夜が明け、朝から探索に動くも鉄太郎たちに関する手がかりは何もつかめず家に戻り、午前が過ぎようとしていた。

音乃の脳裏の九割方は、鉄太郎の安否が占めている。あとの一割が、榊原忠之の目論見についてである。

無下《むげ》な縁談を、北町奉行が勧めるわけがないと音乃は考えている。

「……会ってみれば分かること」

正午まで、四半刻と迫ったところで音乃は巽家をあとにした。

「いやなら断ってもよいのだぞ」

「真之介が、寂しがるから……」

出がけの間際、丈一郎と律から、それぞれに未練がましい一言があった。

「行ってまいります」

このときの音乃の出で立ちは、髪を丸髷《まるまげ》に結って、くすんだ紺色地に井桁《いげた》小紋の地味な小袖を着込み、武家の奥方風の姿に着替えていた。『私は人妻』と、無言で主張する。この格好だと、七歳は老けて見える。音乃は着姿と化粧の具合で、十七から三十歳くらいまで変化させることができる。この日は、相手の興を削ごうと、大年増《おおどしま》に見せかけた。

町奉行所役人が居とする八丁堀を斜めにつっきるように、北西に位置する坂本町へと向かう。家を出てすぐのこと、霊巌島から八丁堀に渡る亀島橋に足をかけたところだった。向かい側から来る男のひょろ長い顔を見て、音乃の足が止まった。

「長八親分……」

「ちょうどよかった。音乃さんのところに行こうと思ってたんですぜ」

「これから行くところがありますので、歩きながらでもよろしいかしら？」

落ち着いて話を聞きたいところだが、約束の時が迫っている。見合いよりも、長八の話のほうが大事と思うものの、約束を違え奉行榊原の顔を潰したくもない。とりあえず歩きながら話を聞いて、その上で腰を据えるかどうかを決めることにした。

長八は戻る形で、亀島川を並んで渡る。

「なんだか普段と違うみてえですが、何かあったんですかい？」

「これから、お見合いなの」

「なんですって？　すると、巽の家を出るというんですかい」

以前は巽真之介に仕えていた長八にとっても、音乃の縁談話は衝撃であった。

「いえ、それはなんとも……」

「本当は、見合いなんてしたくないんでしょ」

「おや、さすが長八親分。なんでお分かりになって？」

「音乃さんの、その格好ですよ。乗り気でないのが見え見えですぜ。そうだ、こんな話をしに来たんじゃなかった。きのう、人捨屋のことを話したでしょう」

「人捨屋……ええ」

これは歩きながら聞く話ではないと、音乃は立ち止まった。長八も合わせて歩を止める。行き交う人を避けて、道端に寄った。

「この二、三日のうちに、大川の向こうの深川と本所でもって、娘が三人いなくなったって聞き込んできやして……」

「……娘さんが三人も？」

「一人は十歳くらいで、あとの二人は十五、六の年ごろってことでさあ」

「拐《かどわ》かし……？」

「それが、神隠《かみかく》しに遭ったみてえに、忽然といなくなったらしいんで」

「親御さんたちから、お奉行所への届け出は？」

「しているようなんですが、どうも川向こうの本所方《ほんじょかた》は頼りにならなくて。それでなくても、橋や道の改修などの野暮用で忙しいらしく探索がおろそかなもんで」

「それで、どこの娘さんたちか分かったのですか？」

「一人は、大工の娘だとのことで……」

どうやら立ち話では済まなそうである。しかし、長八の話を聞いていては見合いの刻に間に合わなくなる。音乃の迷いが顔に出た。

「縁談話か人捨屋か、どっちの話に行くかお迷いのようですね」

「見合いのほうも、ちょっと気になってね」

「余計なことを訊きやすが、お相手はどちらさんなのです？」

どうせ断る見合いである。話をしても差し障りはないと、音乃は相手の名を明かすことにした。それと同時に、音乃は再び歩きはじめた。

「それが、長八さんはご存じかしら。船手頭の向井様……」

「なんと、お相手は船手頭ですって！」

長八の驚きは、相手の地位の高さからくるものと音乃は取った。

「いいえ、そうではなくお相手は向井様の従兄弟《いとこ》で御書院番士の……」

音乃の話を、長八は上《うわ》の空《そら》で聞いている風である。

「どうかしたの、長八さん？」

「いや、すいやせん。実は、船手頭と聞いて気になりやして」

「どんなこと？」

「娘が神隠しに遭った大工職人の父親から聞いたんですが、その日の昼ごろ役人風の侍が来て『――娘はいつごろ戻る』って、妙なことを訊いたらしいのです。夕方ごろと答えたものの父親がおかしいと思ったのは、なぜに娘の外出を知ってるのだってことでさあ」

「それもそうね。やはり、おかしい」

言いながら、音乃の眉根が寄った。

「ところで、その侍と船手頭がどう結びつくのかしら？」

「父親の大工仲間がそばにいて、その侍の顔を知っていたようで。父親が訊きもしねえのに『――あれは、船出頭のところの水主《かこ》役人だぜ』と、教えてくれたってことです」

水主役人とは、江戸湾と河川の水上運搬の監視や、幕府御用の軍艦の管理から船人足の扱いまでを担う船手頭配下の同心のことである。

「船手頭って、向井様……？」

「いや、訊いてみやしたが、そこまでは知れやせんでした。娘がいなくなったのは、その夕方でして。その水主役人が関わりがあるかどうか分かりやせんが、音乃さんの耳にとりあえず入れておこうと思いやして……なんでしたら、もっと深く探ってみやしょうか？　ほかの娘たちのことも」

長八が問いかけても、今度は音乃のほうが上の空であった。

――もしかしたら、お奉行様はこのこととの関わりでもってお見合いを？

思い当たるのは、向井将監という船手頭である。

「……その親戚筋から当たれとでも？」

このとき音乃は、この縁談に人捨屋探索の、真の意味を含むものを感じ取っていた。

そう思えば、奉行榊原からの執拗な縁談話も分からなくもない。

「そうね、お願い……いや、ちょっと待って。これだけ人が攫われても、お奉行所が騒がないのは何か別に事情《わけ》がありそう」

縁談話の中に、船手頭を仕切る、幕閣である若年寄が出てきた。

――そんな大物が、背後についている。だから今までの事件が有耶無耶《うやむや》に……？

音乃の頭の中で、さらに考えが飛躍する。

「もしも拐かしに、船手頭のお偉方が絡んでいたとしたら、長八さんの身も危なくなるかもしれない」

「あっしの身なんぞ気になさらないでも……」

「いいえ、真之介さまのこともあるし」

音乃は、夫真之介の不慮の死を思い出して言った。

「それと、わたしに思い当たる節があるの」

「もしや、今日の見合いでやすか？　そういえば、船手頭の身内って言ってやしたね」

「ええ。なので、ここはわたしに任せてくれる？」

音乃は小さくうなずきながら、長八に答えた。鉄太郎の失踪もさることながら、今や人捨屋のことが音乃の脳裏の大半を占めていた。

「へい。用ができたら、いつでも手伝いやすぜ」

「そのときは、お願いします。あら、もうすぐ正午《おひる》になりそう。急がなくては」

長八とその場で別れると、俄然音乃は速足となった。


料亭『古兆』は楓川沿いにあった。

「こちらでございます」

仲居に案内され、二階の部屋に通される。古兆の中でも、一番見晴らしのよい部屋だという。まだ、見合い相手の向井正孝は来ていない。

「……間に合って、よかった」

音乃は一息ついて窓際に近寄ると、障子戸を開けた。眼下には、真っ直ぐに南北を流れる楓川が見え、そこに太鼓橋《たいこばし》が架かっている。それが海賊橋と呼ばれ、深編笠《ふかあみがさ》を被った武士が反対岸から渡ってくるのが見えた。

窓を開けていると、北からの冷たい風が入ってくる。季節が初冬に移りつつあることを、音乃は肌身で感じていた。

音乃は障子を閉め、下座に座って相手が来るのを待った。

「お連れさまがいらっしゃいました」

仲居の声が襖越しに届くと、音乃は体を揺すり、居住まいを正した。「どうぞ」と返し、相手を迎え入れる。襖が開くと同時に、上背六尺近くもある大男が入ってきた。上下揃いの色の裃《かみしも》が、正装を意味する。内に着込むは、青みがかった地色の熨斗目《のしめ》である。

衣装に見覚えがある。先ほど橋を渡ってきた、深編笠を被った武士であった。

儀礼を重んじた相手の姿に、もっときちんとした格好で来ればよかったと、音乃は恥ずかしい思いとなった。

――だけど、今はそんな思いは捨て去るべき。

見合いの真の狙いは、別のところに向いている。

「お待たせをいたした」

「いいえ、さほどは……」

気恥ずかしさを面《おもて》に出し、音乃はうつむきかげんで返事をした。そうしながらも、どう探ろうかと頭の中で模索する。

「拙者、向井正孝と申す」

一間ほど離れて向かい合った。

「お名は、うかがっております。わたくしは、音乃……」

「その名は、ずっと以前から存じております」

「えっ……？」

正孝の受け答えがおかしく、音乃は顔を正面に向けた。

「聞きしに勝る美人で……いや、下世話なもの言いで失敬。噂は、かねがね聞きおよんでおりましてな」

正面から見る正孝も、かなりの好男子である。齢は二十八と聞いている。男丈夫を感じさせるその佇まいと、顔の形がどこか真之介と被るところがあった。

思わず音乃の頬に、ほんの少しだが赤味が差した。

——いけない。そういうつもりではないのだ。

女心が揺れそうになるのを、音乃は必死で堪えた。

「ところで……」

口が動くと同時に、今までにこやかだった正孝の表情が、にわかに真顔となって、そして眉間を強張らせる厳しいものへと変わった。

正午を報せる鐘の音が届くも、料理が用意される気配がない。それよりも、お茶一つ出てこない。正孝を部屋に案内してから、仲居の声はしなくなった。どうやら、人払いしているものと、音乃は取った。

縁談を前提の、見合いの席ではなさそうだ。音乃の頬から赤味が消えて、正孝の顔をしっかりと見据えた。すると、正孝に小さなうなずきがあった。

「音乃どのは、北町奉行の榊原様から何かお聞きになってますかな？」

「いいえ、何も。ただ、見合いをしてくれとだけ……」

「榊原様は、見合いと申されたか？　もっとも、拙者のこの格好も見合いのようでござるな」

厳しい面相はほぐれ、正孝は再び笑い顔となった。

「そうでは、ございませんので？」

「いや。見合いとあらば、拙者もこれほど嬉しいことはなかったがの。残念ながら

「……そうか、見合いとはお奉行も考えたものだ」

正孝は、自分自身で得心するも、音乃は事情が呑み込めないでいる。訝《いぶか》しげな表情を向けるだけであった。

——どうも、考えていたことと話の筋が違う。

語る正孝の顔から笑みは消え、またも眉間に皺の寄る険しいものとなった。

「これでは話が遠いので、もう少し近寄ってはいただけぬかな」

一間空いた間を、狭めようと正孝がにじり寄る。音乃もそれに倣い、半間ほどに間を詰めた。あまり近寄りすぎてはと警戒もするが、そこは奉行榊原の紹介もある。その辺は信用がおけると、音乃も安心している。

「お奉行の信頼が篤《あつ》い音乃どのに、たっての頼みごとがござってな……」

正孝の体が前のめりになって、声も格段と低くなった。

「お頼みごととは……？」

「これから話すことは、とりあえず音乃どのの胸だけにしまっておいていただきたい」

「はい。心得ております」

コホンと一つ咳払いをして、正孝が語り出す。

「ある大名家……いや、大名とまだ決まったわけではないですが、とりあえずはそういうことで」

妙なもの言いであったが、これから事情《わけ》が語られるのだろうと、音乃は黙って先を聞くことにした。

「その大名家というのが、大きな事情を抱えていそうでしてな。そのため、ここは内密ということでこのような場にさせていただいた。まさか、見合いの席にするとは思っても……いや、余計な話でござった」

前置きが長く、急かす思いで音乃のほうからコホンと一つ咳払いを打った。どうも、音乃が思っていたことと成行きが異なる。

「頼みごとというのは、その大名家がどこかというのを、音乃どのに探っていただきたいのだ」

依頼の目的がそれだけなら、事の運びが大袈裟すぎる。縁談話まで持ち出すこともなかろうと、音乃の首がわずかに傾いだ。

「ただそのお家がどちらかというのをお知りになりたいだけでしたら、さほど難しいこととは思えませんが……」

なぜに町奉行の手を煩《わずら》わせてまで、こちらに話がもち込まれるのだと、音乃の思いが面相に表れた。

「そう。それだけならば、大した手間ではなかろう。こちらの配下を動かして、探れば済むことだ。わざわざ、町奉行の榊原様に話をもちかけることもなかろう」

音乃の思いは、正孝にも通じていた。

「ただ、そこに事情というものが絡めば、話が違ってくる。こちらの出方によっては、その大名家というのは生きもすれば死にもする。つまり、これはあくまでも憶測だが、そこは今、存亡の機にあると思われる」

「存亡の機……?」

「左様。下手《へた》をすれば、お家断絶ということですな。これから話すことが幕閣の耳にでも入ったら、それこそ一大事ですからの」

かく言う向井正孝も、幕府の旗本である。立場としては、幕閣寄りでよいはずだ。

そこまで聞いて、音乃はいくつか問いを発したくなった。

「向井様は御書院番士のお立場で、なぜにお話を御番頭様や若年寄様にご相談なされなかったのですか?」

「そうする前に、なんとか救ってやりたいと……となれば、公《おおやけ》にはできんでありましょう。拙者にはお一人だけ、内密でもって頼れるお方がおっての」

「お奉行の、榊原様でございますね？」

「左様。ついては、このお方の助言を得るしかないと思った。すると、音乃どのを名指しされた」

町奉行の榊原に相談をかけるには、いささか筋違いの話である。だが、榊原から音乃に話が下りた。何も感ずるところがなければ、北町奉行の立場では話を放るはずだ。それと、正面切って説明がなされなかったのもおかしい。少なくとも、梶村と丈一郎の耳には触れておいてもよさそうなものだ。

――それをお見合いなどと……。

そんなところにも、榊原の考えに、さらなる裏があるのを音乃は感じていた。

「詳しく、お話を聞かせていただけますでしょうか」

音乃は小さなうなずきでもって、承諾の意を示した。

正孝が、少し体を動かして居住まいを正した。

「拙者の本家のことは、ご存じであろうか？」

「向井様のご本家となりますと、船手頭の向井将監様でござりますか？」

「左様。さすが、よくご存じで。元来向井家は船手頭を継承してまして、今の当主は十代目の将監を継いでおります。拙者はその従兄弟筋にあたるが、当主は名を政伴《まさとも》といって、拙者と同じ齢なので懇意にしている男です。その政伴から、先だって呼び出しを受けましてな……」

正孝の話を要約すると、こうである。

二

去る十月十四日の夜のこと。

向井家では五艘の船を、野分の影響で荒れはじめた江戸湾を巡視するために出船させていた。荒れた海は、ことさら不審船が多くなる。真っ当な船の往来が減り、巡視もいつもの半分ほどと、手薄になるからであろうか。無理を冒して悪事を働くのが、悪党の摂理である。

「これからは、水主の話なのだが。先だっては十四日の、暮六ツ半ごろ……」

芝の浜の五町ほど沖で、舟底を上にして転覆している舟が、月明かりの中に浮かんでいるのが見えた。急ぎ近づいてみると荷船ではなく、それは漁《りょう》をするための舟であった。何かに激突したか、舟体の損傷が激しく、胴の中ほどから真っ二つに割けていた。

さらに近づくと、舟尾の舵《かじ》にしがみついた男の姿があった。よく見ると、十歳くらいの男児を守るように抱きかかえている。水夫たちの手により、二人は巡視船へと引き揚げられた。

男の着姿からして、どこかの家中の武士と知れる。子供の意識はまったくないが、心の臓の鼓動がある。

二人とも、命までは落としていない。

「侍のほうに、多少の意識があっての、か細い声も聞くことができた」

正孝は、自分がその場にいたような口調で言った。音乃の体が、さらに前のめりとなった。語りの最中に、ゴクリと唾を音を立てて呑み込んだ。

「ようやく侍から聞き出した話では、その日は夕方から烏賊釣りをしようと、海に出ていたそうだ。海が時化《しけ》てきて、陸に戻ろうとしたところで、大型の荷船と衝突をしたらしい。乗っていた者たちはみな海に放り出されたが、その侍だけは子供を抱きかかえ舟の舵にしがみついていたとのことだ。立派な男であるな」

「それでどうなりましたと？」

「どこのご家中かと、息のあるうちに水主が問うたが、首を振るだけで答えはしない。それは、息が苦しくて話せないのではなく、家名を出すのを拒んでいるかのようであった。何か深い事情でもあるのだろう」

またまた見てきたような口で、正孝が語る。

「ただ一言、今際《いまわ》の際《きわ》に口にしたことがあった」

「なんと申されましたのでしょう?」

「殿はご無事かと問われ、命に別状ないと返すと、安心したように『殿を頼む。家の名は……』と言って、こと切れた。無念だが、家名は聞けずじまいであった」

「殿とは、ご主君のことでしょうか? 今しがた、十歳くらいの子と申されましたが」

「それがおかしいのは、まだその子供は前髪立ちで、元服をしていそうもないのだ。それを、殿とは言わぬものだが。まあ、どんな事情があろうが家臣が発したとなれば、どこかの家中の跡取りなのであろう……」

十歳くらいの子供と聞いたときから、音乃の鼓動は高鳴りを打っていた。もう人捨屋のことは、脳裏から飛んでいて、頭の隅にもなくなっていた。

「その『殿』といわれたお子は、今はどちらにおられるのでしょう?」

一膝乗り出し、音乃が問うた。

「向井家の組屋敷で、手厚く保護している。二日後に、ようやく意識は回復したそうだが、事故の衝撃で自分が誰かも分からず、名すら口にできないようだ。ただ……」

「どうなされました？」

言葉が止まった正孝に、音乃がせっつくように言った。さらに先を聞きたいと、気持ちが逸《はや》る。

「ただ、うわ言らしきものが一言、口から漏れたという」

「なんとおっしゃられましたので？」

「屋敷に戻らねばとかなんとか」

「屋敷に戻るって……？」

「よほど大事なことが待ってるのだろう。自分の名を忘れても、それだけは頭の隅から引っ張り出せる。責任感が強い子なのだな。それを聞いただけでも、いっときも早くどこの家中か探してあげたいものと、お奉行に話をもちかけたのだ」

「お話の筋は、よく分かりました。たしかに跡取りがいなくなれば、お家は存亡の機に陥りましょう」

殿と言われた子のことを、音乃は無性に探りたくなった。脳裏に、鉄太郎の元気な姿が浮かんでくる。

「ところで、そのお子と申しますのは、どんな様子でござりましょう？」

「様子とは？」

「顔の形とか、体の特徴ですが」

「いや。そこまでは、聞いておらんでな。それが、何か……？」

生憎《あいにく》と、向井正孝の知るところではなかった。それでも鉄太郎の失踪と関わりあるものと、音乃の考えが至った。

「……間違いない」

思いが呟きとなって、口から漏れる。その小さな声音が、正孝の耳に届いた。

「何か、思い当たる節がありそうですな。できたら、お聞かせくださらんか」

正孝には知っておいてもらいたいと、音乃もその気になった。

「実は、わたくしの甥《おい》で……」

音乃は四半刻ほどをかけ、鉄太郎失踪のあらましを語った。話が佳境に入ると、正孝の額から汗が滲み出るか、月代までも光沢を発していた。

「どこがどう絡むか分かりませんが、三人の子の失踪と向井様のお屋敷にいる『殿』と呼ばれたお子が……あっ！」

語る途中で、音乃の顔からサッと血の気が引いた。

「いかがなされた？」

自分でも得心をするか、音乃は大きくうなずいて口にする。

「もし、殿と呼ばれたお子の顔が似ていたとしたら、鉄太郎たち三人の子は間違えられて連れていかれたものと……おそらくそれに相違ございません」

「話を聞いて、拙者もそう思っておりました」

相槌を打つように、正孝も大きくうなずきを見せた。

そして、音乃の脳裏をよぎったのは、

「もしかしたら、身代り……？」

思いが言葉となって、吐《つ》いて出る。

「音乃どの、これから行きませんか？」

「はい、ぜひ！」

どこに行くと正孝は言ってないが、意を汲んだ音乃はすぐにでも動きたい衝動に駆られた。

料亭古兆に部屋を取ってから、かれこれ半刻近くが経つ。まだ、料理等の配膳はない。いくら人払いをされているとはいえ、料亭のほうも商いである。

「あのう、お料理のほうを運んでよろしいでしょうか？」

障子越しに、仲居の遠慮がちな声がかかった。するとすぐさま立ち上がり、襖を開けたのは正孝であった。

「いや、すまぬ。酒と料理はいらなくなった。すぐに帰らんといかんでな」

帳場できちんと代金を支払い、料亭古兆を出たのは昼九ツ半をいくらか過ぎて、お天道《てんと》さまが西に向かうところであった。

とうとう正孝とは、人捨屋の件は触れずじまいとなった。

行く先は、霊巌島の先端にある、船手頭向井将監の組屋敷である。

「ここからなら、舟に乗ったほうが早いな」

向井正孝が口にする。

今すぐにでも『殿』と呼ばれた子の顔を拝みたい。音乃と正孝は気持ちを同じにして、日本橋川沿いの船宿に向かった。鎧ノ渡しの近くに、川舟の桟橋がある。音乃は堤の上から、ふと対岸を見やった。川沿いは、漁師が網を干す棚が並ぶ小網町である。三吉が住む家は、そこからは見えない。まだ会ったことはないが、鉄太郎と似かようといわれるその縁に、音乃は自分の身内とも感じ取っている。

「必ず助けてあげるからね」

呟くように、独りごちた。

三

向井将監の組屋敷の前は、源三が漕ぐ舟でよく通っていたが、中に入るのは初めてである。

福井《ふくい》藩主である松平越前守の下屋敷の南側にあたり、屋敷の舟着場は亀島川と大川とが合流したところにあった。大型、小型のいく艘もの船が停まっている。海と川とを巡視する、船手頭の御用船である。いつもは見慣れた風景であったが、いざ関わりをもってみると、違う景色に見えてくるから縁というのは不思議なものである。そんなことを感じながら、音乃は川舟から下りた。

川沿いは長屋塀で囲まれ、水主同心や水夫などの宿舎となっている。音乃は正孝に案内されて、敷地およそ二千坪の中に建つ母家《おもや》へと向かった。

「将監殿はおられるかな？　正孝が来たとお伝えくだされ」

玄関先で出くわした顔見知りの家来に、正孝が声をかけた。普段から当主の政伴を、将監殿と呼んでいるらしい。従兄弟同士の馴れ合いが、そこに感じられた。

「かしこまりました。少々お待ちくだされ」

しばらく玄関の三和土《たたき》に立って、使いを待つ。やがて足音が奥から聞こえ、先ほどの家来が顔を出した。

「殿が、いつもの部屋でお会いすると申されております」

「左様か。だが、今日は連れもいるので、酒はいらんぞ」

「そう申し伝えます。さあ、どうぞ……」

母家だけでも四百坪はある。八畳間が百部屋も取れる勘定である。廊下をいくつも曲がり、家来は政伴が待つ部屋の前に立った。弁柄《べんがら》色の、派手な装飾柄の襖越しに、声を飛ばす。

「正孝様を、お連れいたしました」

「おお、いいから入れ」

二十畳ほどある広い部屋に一歩入ると、音乃は目を瞠《みは》った。珍しい調度品が、壁際にズラリと飾られている。壁に大きく貼られている錦絵のようなものに、音乃の目が向いている。その音乃を、政伴が好奇そうに目尻を下げて見やっている。

「おい正孝、早く紹介いたせ」

「このお方は音乃どのと申しての、そん所そこいらにいる女御《おなご》とはちょっとわけが違いますぞ」

「ああ。一目見ただけで、違いは分かる」

苦笑を浮かべ正孝に返すと、その顔が真顔となって音乃に向いた。

「拙者が、船手頭を仰《おお》せつかる向井でござる」

政伴の、まともな挨拶となった。

「はじめまして、音乃と申します。よしなに……」

「こちらこそ……さあ、そこに腰をかけて」

部屋の中ほどに、高さ二尺四寸で大きさが一畳もある、周り縁に彫刻が施された西洋の卓が据え置かれている。それを取り囲むように、四足の腰掛けが六脚備えられている。正孝と音乃が並んで腰をかけ、その向かい側に政伴が座った。政伴の、細長い顔の向こうにある錦絵に、音乃の目がまだ向いている。

「あれは、海洋図と申してな世界の海が描かれている」

言いながら政伴は立ち上がると、海洋図の一個所を指で差した。

「ここがわが国日本だ。小さな島だろう」

音乃の知識でも、そのくらいは分かる。海洋図を目にしながら、そのとき音乃の頭の中は、別のところに飛んでいた。

――人捨屋が絡むのは、どこの国？

「本当に、世界は広うございます」

しかし、口にするのは当たり障りのないことであった。

「それらはみんな、廻船問屋からの付け届けだ。早い話が、袖の下ってやつだな」

「おい、正孝。人聞きの悪いことを言うな。これらは、船手頭として代々向井家に伝わる家宝であるぞ。やましいものは、何一つない」

音乃に向けての、政伴の言い訳であった。

「先だって長崎奉行から送っていただいた、葡萄《ぶどう》という果実でできた酒があるが、呑むか？」

「いや、今は遠慮しておく」

「ならば、あとであ奴が来るから、そしたら……」

「呼んでいるのか、あ奴を？」

「あと半刻もしたら来るはずだ」

「そうか、分かった」

あ奴と言うだけで、二人の間では通じる会話であった。一瞬見せた政伴の、深刻そうな表情が気になったが、音乃には関わりのない話である。海洋図に目を向け、耳を逸らす素振りをした。

「それよりも、早く話に入りたい」

「先だってのことか？」

従兄弟同士でも、ずいぶんと顔形が異なる。政伴は細面だが、正孝の顔は四角張っている。上背も、四寸ほど正孝のほうが高い。

「ああ。その話で音乃どのを連れてきた。事情《わけ》はこれから話すが、その前に海から連れてきたという子はどうしている？」

「それが……」

政伴の顔が、にわかに曇りをもった。

「死んだのか？」

「いや、違う。もっとも、今は生きているかどうか分からぬが……」

「なんだと？　変なもの言いであるな」

卓を挟んでの二人のやり取りを、音乃は不穏な面持ちで聞いている。

「それが、きのうの夜いなくなってな。まだ、動くのは無理だと思い、付き人が油断をしたのだ。居眠りでもしたのであろう、ちょっとした隙にいなくなったとのことだ」

「それで、探したのか？」

「むろん、屋敷内を隈《くま》なく探したが見つからん。脇門が開きっぱなしになっておってな、川舟が一艘なくなっていた。おそらくそれに乗って、どこかに向かったのだろう」

「子供なのに、舟を漕げるのか？」

「十歳ともなれば、漕げる者は漕げる」

「だが、殿と呼ばれていたのだろう。川舟とは縁がなさそうだぞ」

「それはなんとも言えんが、よほど家に帰りたかったのだろう。『――屋敷に戻らねば』と、うわ言を言っておったからの」

音乃はその言葉を、政伴からも直《じか》に聞けた。

「なぜにいなくなったことを、拙者に早く報せなんだ？」

「今朝になって報せたが、屋敷にはいなかったではないか。どこに行っておった？」

逆に、政伴から厳しい口調の問いが返された。

「そうであった。昨夜は宿直《とのい》であっての、ずっと西の丸にいた。きょうは非番で屋敷に戻らず、そのまま音乃どのと会ったのだった」

裃の正装は見合いのためでなく、勤番のためであったかと音乃は得心をした。

「あの子供のことで、何か分かったのか？」

「ああ……」

政伴の問いに、正孝が大きくうなずきを見せた。しかし、その表情は曇ったままである。

「それが、けっこう大変な事態となってな。それで音乃どのを連れて、ここに駆けつけてきたってわけだ」

「大変な事態とは？」

「音乃どのから語っていただけないか」

殿と呼ばれた子供に会えず、音乃はいっとき気落ちしたが、持ち直して政伴と向かい合った。ここでも四半刻ほどをかけて、経緯を語った。その最中での、音乃の問いである。

「そのときお子が着ていたお着物は……？」

話の中で政伴が語った面相、風体は似ている。ここで着ている物の色が揃えば、決定的な証しとなる。

「ちょっと待ってくだされ。乾かして取っておいてあるはずだ。ただ、小袖だけで袴は身につけておらなんだ」

「それだけでも……」

政伴は部屋から出ると、すぐに戻ってきた。

「今、届けさせますので、待っててくだされ。それで……?」

先を知りたいと、政伴が話を促した。

「……かような次第でございます」

それからしばらくときをかけ、音乃の長い語りは終わった。

しばらくは腕を組んでの、政伴の思案顔であった。

「驚いたでござるな」

語りを聞いたあと、ようやく政伴の一声があった。

語りの途中で、子供が着ていた小袖が届いた。色はやはり、鼠色であった。それも、唐桟《とうざん》織りの厚いものであった。これには音乃も得心をする。烏賊釣りをしていたという、家来らしき侍の言葉を思い出した。となれば、厚着をするであろう。その上に、綿入れか何かも羽織っていたはずだ。

「音乃どのの甥御たちの失踪と、ここにいた子が関わりがあるのは間違いなかろう」

政伴の言葉と同時に、音乃の頭の中から着物に対するこだわりは消えた。

分からないのは、殿と呼ばれた子供がどこの家中かということである。

その手がかりを探すため、話は別の方向に向く。

「どこの船とぶつかったのか、分かっているのでございましょうか？」

音乃の問いが、政伴に向いた。

「いや、分からん。それらしき船は、どこかに姿を晦《くら》ました。江戸湾の外に出ていったら、もう追えん」

「漁舟とぶつかってもなんでもないとは、相手はどれほど大きな船でございましょうや？」

「かなり、大きな船と思われる。五百船とか千石船といわれる廻船ならびくともしないであろう。そんなのが勢いよく脇腹にぶつかってきては、手漕ぎの舟はひとたまりもない」

「相手の船の損傷は……？」

「当たりどころによっては、まったくの無傷……いや、多少はあろうが船の操行に支障をきたすほどのことはない」

「溺れた人たちを助けず、そのまま去っていったのでしょうか？」

「衝突に気づかなかったか、知っていても惚《とぼ》けて立ち去ったかだ」

「かなりの衝撃があると思うのですが、乗っていた人はそれに気づかないものなのですか?」

「事故があったのは夜であろうから、波も荒くなっていた。そんな折りの衝突ならば、気づかなかったということも考えられる」

「もし、気づいていての当て逃げでしたら、逃げ果せるものなのですか?」

「八割方は捕まえられる。菱垣《ひがき》廻船のような大型の荷船だと、大方は持ち主が分かるからな。だが、不思議なのはあの夜、界隈の廻船問屋ではどこも上方《かみがた》からの荷はなく、江戸からも積み出す荷はなかったとのことだ。つまり、どこの持ち船か分からんということだ」

「それって、不審船ということですか?」

「そうとも取れる。だが……」

「だが、なんでございます?」

「船の持ち主が知らぬ振りをして、逃げ得を考えたのかもしれん。そのあたりは今、探索中でござる」

「どちらかの廻船問屋が、黙しているということですか?」

「そうとも考えられる」

音乃の問いに、政伴が小さくうなずきを見せた。

不審船の取り締まりは、船手頭の役目である。向井家としては、手をこまねいているわけではなかった。だが、衝突した船は姿を晦《くら》まし、その存在を示す証しは現時点では何もない。

四

不審船に思考を向けても、鉄太郎たちの失踪とは無縁である。

「あの、若と呼ばれたお子のことですが……」

音乃が話を戻した、そのときであった。

「殿、おられますか殿……？」

部屋の外から慌しい声が聞こえてきた。

「なんだ、騒々しい。今、来客中であるぞ」

「早急に、殿のお耳にお入れしたいことが……」

仕方がないと、政伴が立ち上がる。

「ご無礼……」

音乃と正孝に向けて一礼をして、政伴は部屋の外へと出た。そして、しばらくする

と、

「このことは、絶対に黙っておれ。知っている者には、口を封ぜよ」

政伴の声音が音乃と正孝の耳にも入り、首を捻りながら二人は顔を見合わせた。

「かしこまりました」

家来の声が聞こえると同時に、政伴が血相を変えて引き返してきた。顔面を赤くして語る政伴の言葉で、事態は急変する。

「あのお子の、素性が分かりましたぞ」

「えっ、どちらの……？」

音乃が、目を瞠らせて問う。

「七曲藩山藤家の若君、右京様だそうだ」

答えながらも、政伴の声音に悔しさが滲み出ている。

「そうと知っていたら、縛りつけてでも逃がすのではなかった」

「過ぎたことは仕方がない。ところで、将監殿……」

正孝が問う。

「なぜに、身元が判明したと？」

「芝浜の漁民から聞いたそうだ。舟は、そこの漁師の五作《ごさく》という者の持ち物で、あの日山藤家にせがまれ釣り舟を出したそうだ。右京様は、大の釣り好きのようでな」

「あれから四日も経ちますのに、なぜに今ごろ？」

音乃の問いであった。

「どうやら山藤家から大枚の金と脅しで固く口を閉ざされて、噤《つぐ》んでいたらしい。だが、戻らぬ五作の身内がいてもたってもいられず、口を滑らしたそうだ」

「なぜに、このことは黙っていろとご家来に命じた？」

「七曲藩山藤家には、外に漏らせぬ事情もあろう。それと今騒いでは、音乃どのの甥御たちに万一のことがあってはならんだろう。もっとも、甥御たちはそこにいるとは限らんけど、一応は用心せねばな」

政伴を、賢明な男と見直す音乃であった。だが、今はまだ人捨屋に関しては、どっちつかずである。

「それでどうなされるかな、音乃どのは？」

「これからその件は、わたくしどもに任せていただけませんでしょうか？」

「音乃どのたちにだと……？」

政伴の、怪訝そうな言葉に正孝が返す。

「音乃どのは、北町奉行である榊原様の信頼が篤《あつ》いお方だ。この事件の解明を任されているらしい。かえって、拙者どもが関わると邪魔になることもあろう。ここは一つ、何かあったら手伝うということにしたらよろしかろう」

正孝の、諫言であった。

政伴から従兄弟の正孝に話が伝わり、そこから榊原に話が持ち込まれ、音乃を連れ立ってきた。その一連のつながりを、政伴も得心したようだ。

「なるほど。それはよろしいが、これから右京様の探索はいかにして？」

「もしや正気に戻り、ご自分の身分を知っていても黙っていたのかもしれません。そうだとすると、かなり賢いお子と存じます。それに、舟を自分で漕げるほどしっかりなさっておられると。それならば、お家に戻っていることも考えられます」

音乃の考えに、正孝も小さくうなずく。

「七曲藩山藤家の上屋敷ってのは、どこにあるのだ？」

正孝が問うが、それは音乃も知りたいところであった。

「芝増上寺の南で、金杉川は将監橋の近くにたしか山藤家があったな。そういえば、芝浜には近い。ただ、川舟では江戸湾を漕ぐのは子供では難しかろう」

政伴が、一抹の不安を口にした。

「とにかく、これからすぐに山藤家の事情を調べ、探りにまいります」

金杉川と聞いて、音乃に思い当たる節がある。昨日、二人の侍が金杉川に入っていったと、丈一郎の話の中にあった。関連を感じ、音乃は背筋に一本固い物が通る感覚にとらわれ、上半身をピンと伸ばした。

「衝突を起こした舟については、引きつづきこちらでも探索をする。何か分かったら、音乃殿のところに報せよう。家はどちらでござる？」

「実はこの近くでございまして、川口町《かわぐち》は……」

巽家の所在地までは語りたくなかったが、これからも重要なつながりがあろうかと、音乃は包み隠さず語った。

二人はこれから客を交え、葡萄で作った酒で一献酌み交わすとのことだ。何かあったら力添えをと約束し、音乃は船手頭向井将監の屋敷を辞した。

それから四半刻して、政伴のもとに来客があった。同じ船手頭を司る間宮隆元《まみやりゅうげん》の次男で間宮左馬之助《さまのすけ》という男であった。いち早く政伴は家督を継いだが、左馬之助は間宮家の冷や飯食いである。政伴とは同じ齢ということから、子供のころから親しい間柄であった。これから三人しての、酒盛りが繰り広げられるようだ。

音乃が巽家に戻ったのは、日が西に傾きはじめる昼八ツを、いく分か過ぎたころであった。

「どうだった、見合いは？」

ただ今戻りましたと、音乃が戸口の遣戸を開けて声を投げると同時に、丈一郎と律がそろって奥から出てきた。見合いの成行きが、気が気でなさそうだ。

音乃の顔が、興奮するか赤味を帯びている。

「はい。それで、重要なお話が……」

それを、縁談が成立したものと義理の両親は取った。

「そうか」

「仕方ございません」

気落ちしたように、声音を落としている。

「それで、日取りは……？」

「なんのことでございましょう？」

「縁談は調《ととの》ったのであろう？」

丈一郎の問いに、クスリと音乃は笑いをこぼし口元を袖で隠した。

「そうではございませんで。鉄太郎の居どころが……」

みなまで言わずも、丈一郎の顔色が見る間に変わった。

「いえ、まだ分かったとは言いきれませんが、おそらく……」

「いったい、どこだってのだ！」

丈一郎の大音声《だいおんじょう》が、外の通りにも轟いた。

「どうかなさりやしたかい？」

声を聞きつけ、遣戸を乱暴に開けたのは源三であった。

「おや、慌てて……何かありましたの、源三さん？」

源三の、慌てふためく様子に音乃が訊いた。

「何かあったかと訊きてえのはこっちのほうで。船宿の前を通る音乃さんに声をかけたが、なんだか急いでいるようで。何かあったかと家の前まできたら、旦那の大声でありやしょ。慌てるなってのが無理ですぜ」

「鉄太郎の居どころが分かったようなのです。ちょうどよかった、源三さん。舟を出していただけますか？」

「そりゃ、もちろん。それで、どちらまで？」

「芝の将監橋……」

「将監橋って、金杉川の。きのう侍たちが入っていったところですかい？」

「はい。その近くに、七曲藩主山藤家の上屋敷があるそうです。ですが、相手は大名家で迂闊には入り込めません。それで、その前に父上に助言を仰ごうと思いまして。鉄太郎のこともありますし、まだ実家にいると思われます。詳しい話は、そちらで……」

「義兵衛様は、大目付の配下。大名家のあしらい方をご存じであろう。なるほど、よい着眼だ。よし、待っていろ」

丈一郎は出かける仕度を調《ととの》えに奥へと入ると、瞬《まばた》きをする間に戻ってきた。袖なしの羽織を纏い、手に大刀を持つだけの仕度であった。

源三の漕ぐ舟で、築地の奥田家へと向かう。都合よく大人でも五、六人乗れる舟が空いていた。これならば、海に繰り出すこともできる。

亀島川を下り、大川に出る手前であった。そこからは、向井家の船着場が見える。その桟橋につけた川舟から、一人の男が降り立った。

「おや?」

音乃は、その男に見覚えがあるような気がした。あるようなというのは、以前その姿を見たのは一瞬であったからだ。どこで会ったのか、記憶は飛んでいる。それでも、向井たちが『あ奴』と言った客であることは音乃にも知れた。

「どうかしたのか？」

音乃の首が傾ぐのを見て、丈一郎が問うた。

「いえ……」

曖昧に答える間にも舟は進み、大川へ出るとすぐに右手は本湊町である。廻船問屋『河口屋』の船着場が一町にわたってある。波次郎の行方が知れぬも仕事は休めぬか、人足たちが忙しく荷運びをしている。堤の上には荷倉と、店の建屋が見えた。

「そうか……」

廻船問屋河口屋と掲げられた庇《ひさし》の上の金看板を目にして、音乃は思い出した。

「そうだ、あの人……」

向井将監の屋敷に入っていった男は、先だって河口屋から出てきた者と同人物であった。しかし、このとき音乃はまだ、その男は向井たちの共通の友人と思い、それ以上に推測することはなかった。

江戸湾から築地川に通じる堀である南支川《みなみしかわ》に入ると、西本願寺の裏手に舟を止め、そこから奥田家までは歩きとなる。

三人が屋敷内に入ると、奥田家の家来である菅井が母家の中から出てきた。

「菅井さま……」

「お嬢さまでしたか」

音乃が声をかけると、菅井が腰を低くして近づいてきた。人を敬うその姿勢に、音乃はいつも好感をもっている。

「父上はおられます？」

「おりますが、ただ今来客中で……」

待つ間を、菅井が応じてくれた。

「音乃お嬢さま。あれからが大変でして、葬儀が取り止めになったのを告げるのにすったもんだしまして……」

「それは、ご苦労さまでございました」

母家の玄関先で、立ち話となった。

「それで今、お越しになられておりますのは、大目付様のご家臣の宮島様でございます」

「二十両の香典をいただいたのは存じています。それを返しておもらいに……？」

「お返しせねばならないでしょう……あっ、宮島様がお帰りになるようで」

開いた玄関口から、裃を纏った武士が二人して出てきた。一人は宮島の同僚のようである。武士の正装ともいえる上下揃いの裃は、それなりの意味をもつ。香典を返してもらいに来たにしては、やけに物々しい格好であった。

すれ違い際、音乃は宮島ともう一人の武士に向けて、腰が直角に曲がるほど丁寧に拝礼をした。

「音乃どのでござるな」

「父がお世話になっております」

宮島から声がかかり、音乃は会釈を返した。すると、すれ違いざま、

「奥田様から聞かれるがよい」

とだけ宮島が告げると、連れの武士と共にその場を立ち去っていった。

五

義兵衛の部屋での話となった。

すぐに本題へと入る。

「鉄太郎のことで来たのか？」

三人そろってくれば、何か進展があったことくらいは分かる。そんな口調の義兵衛であった。

「はい。それで、今しがた宮島様と玄関先でお会いしましたが……何か、意味深いことをおっしゃっておりました」

「なんと言っておった？」

「お父上から聞かれるがよいとかなんとか……」

「わしから聞けと言っておったか」

「鉄太郎のことでございますか？」

「うむ……その前に、音乃の話を聞こうか」

義兵衛が腕を組み考え込む様子に、音乃はとうとう大目付が動き出したのを感じていた。

「これからお義父さまと源三さんとで、あるお大名のお屋敷にまいりたいと思っております」

音乃はあえて、大名家の名を伏せた。そして、義兵衛の反応に目を向けた。

「ある大名とは、もしや七曲藩の山藤家のことか？」

「はい。さすがに大目付様でございます。山藤家で何があったのか、もう分かっておいでしたので。宮島様たちは、その調べで……？」

「今しがた、山藤家の上屋敷に赴いてきたとのことだ」

「となりますと、山藤家は？」

「お取り潰しになるやもしれん。音乃はその事情《わけ》をつかんだのであろう？」

「そうなりますと、右京様はまだお戻りではないのでございますか？」

「ん……戻らないとは、どういうことだ？　そこまでは、わしも宮島たちも呑み込めてないぞ。それに、若君の名まで知っておるとは」

父娘《おやこ》の遠慮ない会話を、丈一郎と源三は黙って見やっている。この二人もまだ、音乃から詳しい話を聞いていない。義兵衛と同じように、ただ驚く顔を音乃に向けている。

「よろしければ先に、お父上からお話を聞かせていただけないでしょうか」

大目付の動きを聞いてからのほうが話がしやすいと、音乃は話を譲った。

「よし、分かった。宮島がここに寄ったのは、山藤家の様子がどうもおかしいとのことでな。大名家の不穏をなぜに道中組頭なんかのわしのところに持ち込むのかと、訝しく思って訊ねると、どうやら鉄太郎に関わりがあるかもしれんと言うのだ。しかし、確証はないので、わしの耳にだけ入れておきたいと言ってな」

「なぜに鉄太郎と、関わりがあると？」

「今日宮島たちが山藤家を訪れたのは、数日後に控えるお家継承の儀の段取りを伝えるためであった」

幕府の伝えをもたらすのは、大監察《だいかんさつ》とも呼ばれ、大名家を監察する大目付の職務である。宮島たちは、大目付の名代として山藤家を訪れたのであった。

「先代が二月《ふたつき》ほど前に逝去し、山藤家を継承するのがまだ十歳の右京という名の若君でな。その若君に拝謁したのだが、どうも様子がおかしいと……」

「何が、おかしいと言われました？」

義兵衛の言葉を途中で遮り、音乃は一膝前に繰り出して問うた。

「そう急《せ》かすな、音乃。何か思う節もあろうが、ここは落ち着きが肝心だぞ」

「ごめんなさい」

義兵衛からたしなめられ、音乃は繰り出した膝を元に戻した。

「若君の振る舞いが、それらしくないというのだ。喩《たと》えとして、何を訊ねても答えるのは側近の者たちであって、若君は何も語らず無言だと。二月前に先代が逝去し、後継者の届けがあって訪れたときは、受け答えのしっかりした子だったのだが。そこで宮島は思い出した」

先だって弔問で奥田家を訪れたときに聞いていた、鉄太郎の面相と重なったのを。

しかし、それだけならば、宮島は疑心を抱くこともなかった。その後義兵衛から、早桶の子は人違いだったとの謝罪があった。しかも、類似した子が鉄太郎のほかにも二人、行方知れずになったという話がそのとき添えられていた。

「まさかと、宮島が思ったのは無理もなかろう。もしや、若君右京様の替え玉かと疑ったものの、いきなり問い詰めることはできない。間違っていたら、それこそ大変なことになるからな。とりあえずその場は黙って引き下がり、戻って大目付さまの判断を仰ぐことにした。宮島の話では、おそらく後日の登城の際に、問い詰めることになるだろうとな」

義兵衛の話は、ここまでであった。まだ大目付の井上利泰までには話が届いていないことが知れる。しかし、宮島が戻れば即刻伝えられ、幕府が動き出すことも考えられる。となると三人の子が危ないと音乃の気が逸ったが、ここここそ落ち着きが肝心と肚《はら》に力を入れた。

「やはり山藤家では、若君の替え玉となる子を攫っていたのですね。鉄太郎を含め三人もの子を……」

独り言のような音乃の小声に、義兵衛が応える。

「やはりというからには、音乃たちも相当な手づるをつかんだのだな。いったい、何が起きておるのだ？」

今度は義兵衛が膝を繰り出し、音乃を急かした。丈一郎も源三も、まだ聞いてない話が音乃の口から伝えられる。二人の片膝の先が、音乃へと向けられた。

「先刻見合いをしてまいりまして……」

「音乃に縁談か？」

「それが、そうではございませんで。お奉行様の謀《はかり》ごとでございました。そのお相手というのが書院番士の向井正孝様でして……」

音乃もたった数刻前に知った話を、丈一郎と源三にも聞こえるように語った。

「向井将監様のお屋敷を抜け出し……若君の右京様はてっきり藩邸へ戻ったものと思ってましたが……」

山藤家次期当主右京の安否が気にかかる。すんなりと山藤家に帰っていれば、事態は何ごともなく収まったのだが――。

「とりあえずそのことを、山藤家に報せておいたほうがよいかもしれんな」

「わたくしもそう思い……ですが、いきなり訪れても鉄太郎たちの身が心配で。必ず隠匿するでしょうから、ここは用心してかかりませんと」

「お家断絶どころでは済まぬだろうからの。口封じでバッサリということも、大いにありうる……いや、断言してもよい」

「それで、父上に先に相談をと思いうかがいました。そうしましたら、宮島さまのお話。大目付様の耳に入る前になんとかしませんと……」

「案ずるな、音乃。もし、宮島がここに立ち寄らず直に役所に戻っていたとしたら、殿も即刻動くであろう。だが、宮島はそうはせず、まずはわしの耳に入れてくれた。それに、音乃にはわしから話を聞けと言ったのであろう。ということは、しばらくこのことは、宮島の胸にしまって置くはずだ。少なくとも、若殿の登城ぎりぎりまでな」

義兵衛の読みに、音乃は気持ちがいく分軽くなるのを感じた。

「だが、悠長に構えることはできんぞ。三人のうちで、誰が若殿の替え玉になったかしれんが、残る二人は用済みとなる。だからといって、すんなりとはこっちに返すことはせんだろう。いずれ、始末されることは間違いない」

「となりますと、一刻の猶予もありませんな」

丈一郎が、ここで初めて口に出した。片膝を立てたのは、すぐにでも行きたいという意思表示であった。

「これから、わしも同行する。大目付御用の手形をもっていけば、相手もすんなりと奥に通すであろう」

「お願いできますか？」

「音乃は、それを望んでここに来たのであろう？」

「はい。実は……」

本心を見透かされ、音乃は小さく頭を下げた。


源三の漕ぐ舟に四人乗り、着いたところは金杉川の将監橋の袂であった。

「あっしはここで待ちやしょう」

船頭の形《なり》では、大名家には入れないと源三は自分から控えた。

「いえ。源三さんにも一緒に来ていただきたいのです。ちょっと、考えがありますので」

音乃の考えが分からぬものの、そこは何かあるのだろうと得心し、源三は従うことにした。

まだ鉄太郎たちが、山藤家の上屋敷に監禁されているとは限っていない。だが、状況からして十中八九間違いないことを信じ、四人は山藤家上屋敷の門前に立った。

唐破風《からはふ》屋根の正門に立つ門番に、義兵衛は声をかけた。

「大目付御用である。ご家老に取次ぎを願いたい」

「はっ」

と一声発し、門番が駆け込むように屋敷内へと入っていった。幕府の威光がこんなところにも現れていると、音乃はそんなやり取りを見ながら義兵衛に来てもらってよかったとつくづく感じていた。

さして間もおかず、家臣が二人そろって飛んできた。だが、義兵衛のうしろに控える三人の姿に、訝しそうに首を傾げている。義兵衛一人ならすんなりと通すのであろうが、中に入れてよいものかどうか、ためらう顔がそこにあった。

「とにかく早急に、ご家老にお目にかかりたい。さもなければお家が……」

眼光に威厳を宿し、義兵衛は声高に言った。

「このお方たちは？」

それでも家臣が問う。

「今、この山藤家で何が起きているのかお分かりなのですか？」

音乃が一歩前に進み出て言った。それでも家臣たちは、怪訝そうな顔をしている。もっとも、事態を知っていたらすぐにでも中に通すはずだ。やはり、下の者たちには隠しているものと読める。

「もしお分かりにならなければ、ご家老様に一言添えてくださいませ」

「なんと？」

「船頭さんをお連れしましたと言っていただければ、お分かりになると思われます」

音乃が、ここぞとばかりの鎌をかけた。それで源三は、自分の役目を知った。

一人が家老へうかがいを立てに中へと入り、もう一人は外で四人の動向を見張る目つきで立っている。その間、誰も一言も話を交すことなく場は静寂となった。

やがて、裃を纏った重鎮と見られる家臣が、足早に駆けつけてきた。

「拙者、江戸留守居役の田所清兵衛である。ご家老が会われると申しておる……拙者が案内つかまつる」

大目付の使者に対する口の利き方ではない。気持ちは、船頭の源三に向いているのだろうと音乃は取った。

田所が先に歩き、四人がうしろについた。

「あっしが役に立ちましたね」

源三が、小声で音乃に話しかけた。

「まだまだこれからですわよ」

音乃が小声で返した。

玄関からさして奥に入らぬところに、御広間と呼ばれる接客用の座敷がある。

「ここで、待たれよ」

十畳ほどの、何も飾り物がない殺風景な部屋で、四人は家老が来るのを待った。

やがて廊下に足音が聞こえ、部屋の前で止まった。沈痛な面持ちで、老体二人が入ってきた。一人は今しがたの田所で、そしてもう一人は――。

「拙者、当家筆頭家老の沢村刑部でござる」

「拙者、大目付配下の奥田義兵衛と申します」

「して、大目付配下さまが何用で？」

この日大目付配下が、立てつづけに二度も来た。義兵衛に怯える、沢村の目つきであった。

「これらの者が、ご当家にとって大事な話があると申しますので連れてまいりました」

義兵衛の背後に、三人が横並びに控えている。沢村の目が源三に向いているのは、心当たりのある証しと、音乃には思えていた。

「こちらの船頭さんが、若君右京様の居どころをご存じだそうで……」

音乃が沢村に向けて、いきなり肝心要《かなめ》の用件をつき付けた。

「なんだと！」

沢村と田所の仰天は、いかばかりか。片膝をつっ立て、天井をつんざくほどの驚声であった。

「なぜにそのことを？」

「若は、今どこに？」

沢村と田所の問いが、同時に発せられた。

「ご当家のご事情はお見通しです。それは、こちらの船頭さんにお聞きくださいい……」

二人の問いを、音乃は一言で返した。

――おいおい、そんなことを言ってよいのか？

音乃の鎌かけに、丈一郎も源三も気が気でない。とくに源三は、若君がどこにいるのか聞いたこともないし、生きているのかさえまだ知らないのだ。

「去る十月の十四日の夕刻。若君の乗った舟は大型の廻船と激しくぶつかり、あえなく転覆してしまいました」

「なんと？」

「それで、若君は？」

ここでも沢村と田所の、同時の問いがあった。

「こちらの若君様のことよりも、わたくしどもにとっては……」

ここで音乃は言葉を一拍置いた。重鎮二人の反応を見るためであった。

「なんだと申すのだ？　こっちは何も知らんぞ」

目に落ち着きを失い、田所が返した。

「何も知らんとおっしゃいますのが、知っているという証しでございます」

音乃が、ここぞとばかり突いて出る。

「田所は、黙っておれ」

家老が留守居役を叱咤する。だんだんと、化けの皮が剝がれていくのを感じ、ここが落としどころと音乃は座ったまま一歩前に繰り出し、義兵衛と横並びになった。

「こちらに、三人のお子が連れてこられていると思われます。お返しいただけたら、すべてのことをお話しいたします」

右京の居どころが分からぬまま、音乃は引き換えの条件を出した。

子供を攫ってまで騙し込もうとする、魂胆《こんたん》が気に食わない。

――こんな卑怯な大名家は潰れたってかまわない。

鉄太郎たち三人の子を返してもらうために、乗り込んで来たのである。その目的さえ達せられれば、気の毒ではあるが、あとは幕府の沙汰に任せるよりほかにない。

「若は生きておられるのか？」

「その前に、三人をお返しいただけますので？」

沢村の問いに答えず、音乃が聞き返す。

「ああ……」

筆頭家老沢村の、力のない声が返った。

「やはり、こちらにいるのですね？」

「いたのはいたのだが……」

音乃のさらなるつっ込みに、声がくぐもり、沢村は要領を得ない。

「いたのはいたとは、どういうこと？」

音乃の口調が激変する。

「あんたも家老なら、はっきりと言ったらどうだい！」

音乃が片膝を立て、怒鳴り口調が沢村に向けて炸裂《さくれつ》した。閻魔とも思える音乃の形相に、隣に座る父親の義兵衛も驚きの目を向けた。

大目付名代の問い立てに観念したか、沢村の肩がガクリと落ちた。

「昨夜のうちに逃げられて……」

「いなくなったと？　それも、昨夜のうちにですか」

「二人は逃げ、もう一人は……」

右京の身代わりとなって、宮島と対面しているのは分かっている。それが、三人のうちの誰かだ。もし、それが鉄太郎でなければ、とっくに奥田家に戻っているはずである。

「残った一人に、会えませんか？」

音乃が詰め寄ると、沢村の小さなうなずきがあった。

「田所、連れてまいれ」

「かしこまりました」

田所が部屋を出ていくと、すぐさま沢村の問いが音乃にあった。

「若はどこにおられる？」

「三人のお子の、元気な顔を見るまでは申し上げられません」

分からないものは、音乃にだって言えない。声高につっ張る口調は、気持ちを隠すためのものであった。

やがて襖が開き田所と家臣の出馬が、若殿らしき子供を引きつれて入ってきた。

「あっ」

丈一郎と源三に、覚えのある出馬の顔であった。だが、二人が驚く顔を見せたのは一瞬で、すぐにその顔は元へと戻った。今は、それを追求している場合ではないと。

「連れてまいりました」

出馬は、丈一郎と源三を覚えていないか、二人に目を向けることはない。

連れてこられた子は、すでに元服をさせられたか前髪は剃られ、若殿に仕立てた立派な身形《みなり》であった。しかし、これは右京ではない。似てはいるけど、鉄太郎でもなさそうだ。

「あなたは誰？」

「おいらは、三吉。音乃おばさんでしょ？」

あっけらかんとしたもの言いで答えたのは、右京こと山藤隆常に扮せられた宮大工の倅《せがれ》である三吉であった。

「ええ……」

「やっぱり助けに来てくれたんだ。きっと来るって、てっちゃんが言ってた」

心底安心したか、三吉は笑顔で答えた。だが、音乃に笑いはない。

「それで、鉄太郎が逃げたってことだけど、いったいどういうこと？」

音乃の問いが、三吉に向く。部屋にいる皆、その受け答えを注視している。

「てっちゃんとなみちゃん、家に帰ってないの？」

「ええ。まだ、帰ってこないの」

てっきり三吉は、鉄太郎が音乃を呼んできてくれたものと思っていた。だが、真相は違っていた。

「てっちゃんとなみちゃんが、牢屋から逃げ出し……」

三吉の口から、脱走の経緯が明かされる。それを全員が、固唾を呑んで聞き入った。

「なみちゃんが舟を漕いで、家に報せることになっていたんだ」

しかし、一夜と半日が経っても、鉄太郎と波次郎の戻りはない。

「子供の腕じゃ、海を漕ぐのは無理ですぜ」

源三の話に、音乃はこれまで以上の胸騒ぎを覚えた。

六

山藤家の重鎮たちで練られた策謀が、漏らさず語られてからのこと。

筆頭家老の沢村と江戸留守居役の田所、そして徒十人組頭の出馬が畳に額を擦りつけて嘆願をしている。

「せめてあと五日、このお子を殿の代わりに……」

音乃が、右京の居どころを知っているのは方便だったと打ち明けたところで、落胆はするも沢村たちからの咎めだてはなかった。

「それは、できませんな」

一刀両断で、義兵衛がつっぱねた。

「でないと、山藤家は……」

それでも沢村が食らいつく。

「お気持ちは分かりますが、今ごろはもう大目付に話は通っておるやもしれませんぞ。少なくとも、先刻ここに来た宮島は、若殿が替え玉であるということを見抜いておりましたからな」

引導を渡すような義兵衛の言葉に、沢村は全身の力が抜けたか、畳に両手をついた。

「もはや、これまでか」

沢村が伏せていた顔をいきなり持ち上げると、腰に差す脇差を抜いた。そして、袖を当てて刀身をつかむと、鋒《きっさき》を自分の腹に向けて刺すその既《すんで》であった。

「何をなさります！」

真向かいに座る音乃が、片膝を繰り出すと、手刀でもって沢村の手首を打ち据えた。抜き身の脇差が沢村の膝の上に落ちると、音乃は刀を取り上げた。

「早まってはなりませぬ。まだ、若殿は死んだと決まったわけではございませんし、必ずどこかで生きているはずです。まずは捜し出すのが先決……ん？」

「どうかしたのか、音乃？」

言葉が止まった音乃に、義兵衛が問うた。

「思い当たる節がございまして……三吉ちゃん」

音乃の顔が、三吉に向いた。

「なあに？」

「鉄太郎は、舟で逃げると言ってたのよね？」

「うん。なみちゃんは、舟を漕げるっていうから。将監橋の下に浮かんでる舟を、黙って借りようって」

「将監橋を知っていたの？」

「うん。お爺さんに、道のことはたくさん教わってたって。目隠しをされても、金杉橋の下を通ったってことは分かってたよ」

三吉の言葉に、義兵衛は頭を下げている。孫の聡明さに、心がジーンと打たれているようだ。

右京も、川舟を漕いで逃げた。

釣り好きで海に出ることが多い右京なら、慣れない陸路よりも、江戸湾の景色のほうが見慣れているはずだ。となれば、子供たちは陸路を辿って逃げてはいない。

だが、未だ経っても両者、家には戻っていない。

——江戸湾に、何がある？

第一に、音乃の脳裏をよぎったのは『人捨屋』という、得体の知れない稼業であった。

忘れかけていた長八との話が、音乃の脳裏に大波のように押し寄せていた。本所と深川で、この数日のうちに三人の娘が行方知れずになっている。これには船手頭配下の水主役人が絡んでいると推測している。

このとき音乃は、菱垣廻船ほどの大船の不審船がときどき沖合いに浮かんでいると、見合い相手の向井正孝の言葉を思い出していた。

『……なかなか本性を表さず……それを、取り締まろうとすると、いつの間にか江戸湾から消えてしまうと、船手頭の向井将監が言っていた』

ところどころは忘れたが、要点だけは覚えている。

人捨屋の毒牙にかかったことも考えられる。

それ以外ならば、どこかで舟は転覆し、すでに海の藻屑《もくず》になっているか。いずれにしても、逃げたのは昨夜のうちである。見かけた人は皆無であろう。

――人捨屋か海の藻屑か……。

そのどちらかしかないと、音乃は決め込んだ。

「父上、三吉さんを連れて戻りませんか？　これから行きたいところがございます」

「どこに行くと？」

「舟の上でお話を……」

まだ何も分からないところで下手《へた》に動かれてはまずいと、山藤家の重鎮たちには聞かせたくない話であった。

「必ず若殿は連れてきてみせます。ですから、短慮を起こさずお待ちください」

連れ戻す確信はなかったが、今はこう言うより仕方ない。

「余計なことをなさりますと、お家断絶どころではすまなくなりますぞ」

音乃と義兵衛から釘を刺され、沢村たちは畳に額をくっつけ、深く頭を下げた。

もし鉄太郎たちが人捨屋の手に落ちたとして、一番懸念されるのは、すでに船が外海に出たかもしれないということである。そうとなったら、もはや手に負えなくなる。

音乃に、焦りが募った。

源三が舟を漕ぎ、胴の間で音乃が丈一郎と義兵衛に向けて考えを語っている。三吉は音乃の隣に座り、だだっ広い江戸湾に目を向けている。

遥か遠くに、大型の廻船がいく艘か帆を立てている。外海に向かう船もあれば、江戸湊に向かってくる船もある。その中で、帆を下ろした廻船が一艘、三町ほど沖に停泊しているのが見えた。

「音乃おばさん、あれ……」

三吉は、音乃になついていた。停泊している廻船に指先を向けている。

「ええ、大きなお船」

音乃はチラリと船を見やっただけで、話を戻した。

「まだ廻船が、江戸湾に留《とど》まって……えっ！」

三吉が指を差した廻船を、音乃は首を回して注視した。「……人捨屋」という言葉が俄然脳裏に浮かんできて、音乃の口から呟きが漏れた。

見える範囲では、今、江戸湾の沖に止まっている大型船はそれ一艘しかない。あとは湊に近づき、荷物運搬用の高瀬舟や艀などに荷を移し替えている。その船を、不審船とはいわない。

「……何かおかしい」

首を傾げて、音乃は考えている。

――あの船に、鉄太郎たちが乗っていなければ……。

遠いどこかの国に、すでに向かっているかもしれない。向井将監の部屋に貼ってあった海洋図を思い浮かべ、音乃の背中をゾッと冷たいものが走った。

「どちらの船かしら？」

「音乃は、あの船が怪しいと？」

義兵衛の問いがあった。

「怪しいとかは別にして、もしあの船に乗っていなければ、もう鉄太郎たちは見つからないかもしれません」

そこに鉄太郎と波次郎、そして山藤家次期当主となる右京がいるかどうかの確信はない。だが、ほんの少しでも疑いがあれば、探るのが道理である。

「源三、あの船に近づくことはできんか？」

丈一郎が、源三に声をかけた。

「へえ、できねえことはねえですが……」

「なんだか、ためらうようだな」

「よしんば、あの船に鉄太郎さんたちが乗っていたとしたら、どうでやしょう。向こ

う も周囲《あたり》を見張っているでしょうから、ちょっと警戒されてしまうんじゃねえですかい」

「そいつは、一理あるな。もし相手に気づかれたら、どこかに消えてしまうかもしれん」

「お義父《とう》さま、いいことがある」

音乃が、思いつきを口にする。

「近くの桟橋で、父上とお義父さまと三吉ちゃんは降りて待っててくれないかしら。源三さん、わたしを乗せてあの船に近づけていただけます？」

「ええ、よろしいですが」

訝《いぶか》しそうに源三が答えるのは、自分の意見を気にしているからだ。

「ここは一か八《ばち》かの、わたしに考えがあります」

三人を近くの桟橋に下ろすと音乃だけを乗せ、帆を下ろした廻船へと舟先を向けた。すでに日が西に大きく傾き暮六ツが迫り、あたりは薄暗くなってきている。

半町も沖に出たところで、音乃は胴間にゴロリと横たわる。そこで源三は、音乃の考えていることを半分理解した。あとの半分は、その後どうしようとしているのか分からない。音乃が寝ながら、源三に話しかける。

「わたしがこんな姿をして近づいたら、必ず相手から何か反応があるはずです。たとえ何もなくても、船には持ち主の屋号か船名が書かれてあるはずです」

「へい、がってんですぜ」

岡っ引きであったのときの口癖が、源三から返った。

半町ほどに近づくと、船べりで三人の男が顔を向けている。

「やはり、見張りが立ってやしたぜ。こっちを向いてやす」

源三はさらに接近すると、見張りから何やら合図が送られてきた。すると、甲板から縄梯子《なわばしご》が垂れてきた。上って来いと、手招きをしている。

「いや、そうじゃありませんで」

源三が大声で応対している。

「お客さんが腹痛を起し、薬をいただけたらと思い……」

音乃は胴間に横たわり、腹を押さえる仕草をしてもだえている。すると、垂れていた縄梯子は引き上げられ、甲板から男たちの姿は消えた。

源三は舟を反転させ、陸地に舳先を向けた。

まだ船からの視覚に入るところだ。音乃は起き上がることなく、源三との会話となった。

「縄梯子を下ろしたということは、やはり……」

「ええ。どうやらあれは、人捨屋に違いありやせんぜ。あっしを一味に間違えるなんて、そそっかしい野郎たちだ」

さらに音乃の仰天する語りが、源三の口から出る。

「あの船は、河口屋の持ち船ですぜ。はっきりと『河口屋　波王丸《なみおうまる》』って、船首に書かれてやしたから」

「なんですって！」

思わず音乃は体を起こしそうになったが、そこは止めて驚きの声だけを発した。

三吉を、小網町まで送っていく暇はなくなった。

一晩を奥田家で過ごさせることにして、三吉は義兵衛が連れていった。音乃と丈一郎、そして源三が河口屋の船着場へと向かった。

舟の上で、音乃は丈一郎に語った。

「どうやら河口屋さんは、自分の子供を攫ったのかもしれません。とんだところで、人捨屋に出くわしたものです」

「なんだと！　いったい、どういうことだ？」

「もし、わたくしの考えが正しければ、山藤家から逃げ出した鉄太郎と波次郎さんをどこかで攫い、あの船に……」

「河口屋の彦衛門はそのことに、まだ気づいてはいないのだろうか？」

「それを訊きに、これからまいりたいと思います。それと、これにはどうやら船手頭が絡んでいそうでして……」

どうしてもそうでないと、辻褄《つじつま》が合わない。

「船手頭というのは、向井家か？」

「それはなんとも。向井様は、船手頭の筆頭に当たりますが、ほかにも数家あるようです。もし、その中の一つでも人捨屋に絡んでいたとしたら、探索の報が筒抜けとなって取り締まるどころではありませんでしょう。これまで捕まらなかったというより、存在さえ表沙汰にならなかった理由《わけ》が分かるような気がします」

音乃はこのとき思っていた。先刻、向井家に入っていった侍のことを。その侍が以前、河口屋から出てきたのを見かけたことがある。その素性が分かれば、人捨屋の真相解明に近づける。そんな思いも手伝い、音乃はその侍も視野の中に置いた。

「ということは、やはり向井様が……？」

音乃に、もしやという思いが宿った。だが、向井将監とその従兄弟である正孝の様子からは、疑いは微塵《みじん》も感じられない。むしろ、その潔白さが音乃に疑いをもたらすところとなった。

状況を考えれば、向井家が黒幕というのも否《いな》めない。まずは、疑りから入れというのが探索の鉄則と、常々丈一郎から言われている。

――河口屋と手を組んでいたのは船手頭。

ならば、なかなか捕まらないのは当たり前である。自分らで犯した罪を、自分らが取り締まるはずもないと、音乃は決めつけた。

「河口屋に加担させて人を攫う人捨屋とは、海を見張る役目の船手頭であったのか。これでは誰も手出しができないわけだ」

呆れ返った丈一郎の声音と共に、舟は桟橋へと近づいていった。

船はいつ出航するか分からない。事は急ぐと、源三の櫓を漕ぐ腕に力がこもった。

七

河口屋の船着場に舟を止め、音乃と丈一郎は陸に上がった。

源三は舟に居残り、船の出入りを見張っている。すでに日が西の山塊に落ち、一日の仕事は終わっているか、そこに荷運びなどをする人足の姿はない。

河口屋の大戸が閉まる既《すんで》であった。店の者に断りもせず、音乃と丈一郎は店の中へと黙って足を踏み入れた。

「どちらさまで……？」

手代風の男が近づいてきて、声をかけた。

「主《あるじ》の彦衛門さんはおるかな？」

丈一郎が、町方役人風に問うた。

「はい。おりますが、どちらさまで？」

「波次郎って子がここにいるだろう。そのことで来た」

「ちょ、ちょっとお待ちを……」

丈一郎が答えると、手代は血相を変えて母家の中へと入っていった。それから間もなく、数人の慌《あわただ》しい足音が聞こえてきた。彦衛門に新造のお峰、そして波次郎の兄らしき二十歳くらいの男がくっついている。

「あっ、あなた方は！」

彦衛門とは、すでに面識がある。

「旦那さまと、直《じか》にお話がしたく……」

音乃から話しかけた。その顔に、他人《ひと》と向き合うときの、いつもの笑みは消えている。

「でしたら、こちらに」

彦衛門直々に、屋敷の奥へと案内される。

客間であろうか、高価そうな置物や絵画が部屋の中に数多く飾られている。その中の一点、立てかけてある伊万里焼の大皿に音乃の目が向いた。柄は違うが、同じ焼き物が向井将監の部屋にも飾ってあった。

部屋には、彦衛門以外は誰も入れさせていない。床の間を背にして音乃と丈一郎が並び、彦衛門と向き合った。

「波次郎のことで何か……？」

一見、彦衛門の様子からは、まだ何も知らぬと見える。

「お子は、生きておられるようで……」

丈一郎の口であった。音乃はじっと、彦衛門の顔つきを観察している。

「なんですと！　それで、今どちらに？」

真っ赤になって驚いた顔が、にわかに蒼白に変わり怯えがこもる表情となった。何かに思いが至らなければ、なかなか見ることのできない面相の変化である。

「そちらさまにも、覚えがありそうな」

音乃が、勘繰《かんぐ》る目を彦衛門に向けた。

「今、江戸湾の沖で帆を下ろして停泊している大きなお船は、河口屋さんの持ち船でございましょうか？」

真綿で首を絞めるように、音乃は彦次郎に取りついた。

「まっ、まさか……」

顔中から脂汗《あぶらあせ》が垂れ、明らかに動揺しきっている。

「旦那さまには、何か覚えがございますのね？」

「お子が大事だと思うなら、思い切って白状しちゃいな」

音乃の問いに、すかさず丈一郎が乗せた。

「………」

口では答えられず、彦衛門の体はただやたらと、ガタガタと震えるだけだ。

「あの船は、ずっとあそこに停まったままではないでしょう。いつ動きますので？」

誘導すれば答えるだろうと、音乃は問いの矛先《ほこさき》を変えた。

「夜四ツごろ……」

小さな声音であったが、はっきりと聞き取れた。暮六ツを報せる鐘が鳴ったばかりであった。猶予は、あと二刻しかない。

「どちらに行かれますので?」

「下田《しもだ》沖まで……」

「そこで、何かをなされますので?」

「いや、もう勘弁願いたい」

体が前に倒れるのではないかというほど、彦衛門の頭が下がった。

「勘弁するのは容易《たやす》いですが、それでは波次郎さんの身がどうなってもよろしいので?」

彦衛門は首を振って、問いに抗《あらが》う。波次郎の身と己の身の破滅を、天秤にかけているかのようだ。

「いや、あの船はそんな船ではない!」

どうやら、身の破滅から逃れるほうを選んだ彦衛門のもの言いであった。

「そんな船とは、どんな船なんですの?」

音乃は、一言一句たりと聞き逃さない。

「それは……」

彦衛門は答に窮すか、顔面にどっと汗を噴き出した。顔に刻まれた皺にそって、汗が滝のように滴《したた》り落ちる。

　これで証しをつかんだと、音乃の思いであった。だが、ここで彦衛門と悠長にやり取りをしている暇はない。

「言わなければ……いえ、言えなければ、わたくしから申し上げましょう。あの船には、人捨屋が絡んでおいでなのでしょう？」

　口調を荒くして、音乃は一気に畳みかける。

「しっ、知らん。人捨屋なんて、聞いたことがない」

「知らないのは当たり前。人捨屋は、町奉行所の符丁ですから。人を拐《かどわ》かして他所《よそ》の国に売り飛ばす、極悪非道の輩《やから》のことをいうんだ。そんな卑劣な犯行に、彦衛門さん、あんたは加担しているんじゃないのかい？」

　片膝を立て、彦衛門に迫り寄る。言葉がにわかに荒くなって、音乃の啖呵《たんか》が炸裂した。

「ここまできても、まだ白《しら》を切るってのかい？」

　丈一郎が現役を髣髴《ほうふつ》とさせる、定町廻り同心の威厳を込めて問い詰めた。それでも、彦衛門は首を横に振るだけだ。

「あの船には、波次郎さんが乗っているかもしれないのですよ」

音乃の口調は穏やかになった。言葉に減《め》り張《は》りをつけて、彦衛門を追い詰める。

「なぜに波次郎が……？」

「話せば長くなります。時がないので、今は話せません。これからすぐに、船手頭様のところに行って、このことを伝えなくてはならないからです。もしかしたら、あの船には甥の鉄太郎も乗っているかもしれないのです」

「えっ、奥田様の……？」

そこまで言われ、ようやく彦衛門は気持ちを動かしたようだ。同時に、観念の肩がストンと音を鳴らすように落ちた。

「陰で仕切るのは、船手頭の向井将監政伴さま……」

すかさずとばかり、音乃は口にした。すると、彦衛門が目を見開き、仰天する顔が向いた。そして、怯えるように首を横に振る。

「そうでないと？」

彦衛門がうなずくも、その様子からむしろ向井将監への疑いは増した。そして、屋敷に入っていった男の身元も気になる。

「そこに、どちらかの船手頭が絡んでおいでなのでしょ。いったい、誰なんです？」

「間宮……」

「今なんと？」

声が小さく、音乃は聞き返した。

「船手頭間宮隆元様の次男で、間宮左馬之助様……」

「間宮左馬之助様って、先だってこちらに来られませんでしたか？」

「ええ……」

やはり間違いない。間宮左馬之助らしき男が一刻ほど前、向井将監の屋敷に入っていくのを音乃は目にしている。しかし、何用で入っていったかまでは、音乃の知るところではない。ただ一つ、今になって考えがおよぶのは、向井と間宮が共謀しての犯行ということだけだ。

「……まだいるかしら？」

向井将監の屋敷に踏み込むには、並々ならぬ覚悟が必要と音乃は踏んだ。黒幕を、向井将監政伴と感じていたからだ。再び政伴の細面の顔が、音乃の脳裏を支配する。そして、さらに上には幕閣若年寄――この一連の探索を、北町奉行榊原忠之は音乃に委ねたのか。本筋は、やはりここであったかと、音乃の思いは及ぶ。

――ここは、勇気を振り絞らなくては。鉄太郎たちもそうしたように。

音乃は、危険を冒してまで逃げようとした鉄太郎たち三人の奮起に、自らの身を置き換える。

「お義父さま、これからまいりましょ」

直に人捨屋の船に乗り込んでも音乃と丈一郎と源三の、三人だけでは不利は否めない。それと、捕らわれている者たちは人質でもあり、危険極まりない。事は慎重に運ぶ必要があった。

首謀者と見られる向井将監を捕らえ、逆にこちらの人質として交渉したほうが得策と、音乃の考えが至った。

「ここはどうする?」

「大事な証人ですから、彦衛門さんにも一緒に行ってもらいます。さあ、お立ちください」

腰を抜かしたようにべったりと畳に座る彦衛門を、音乃は立つよう促す。しかし、力が抜けているか一人では立ち上がれない。

「仕方ないな」

丈一郎が介添えをするように、彦衛門の体を持ち上げた。

「波次郎さんを助けられるのは、あなた以外にはないのですよ。あんな勇気のあるお子を見捨てるなんて、親として恥ずかしいとは思わないのですか?」

「波次郎……」

音乃の言葉が胸に響いたか、彦衛門の体にいく分の力が宿ったようだ。少なくとも、歩けるぐらいには気力を取り戻す。

「一言、家の者によろしいか？」

「ええ……でも、時がないのでお早く」

音乃が呼びに行くと、すぐにお峰と、二十歳になる跡取りの長男が客間へとやってきた。その異様な雰囲気に、妻子は変事を悟ったようだ。

「あなた……」

「お父っつぁん、いったい何があったので？」

震えの帯びる声で、彦衛門に問うた。

「いや、おまえたちには関わりのないことだ。わしはもうこの家に帰れないかもしれん。このあと、何ごとがあろうとも、うろたえてはならんぞ」

妻子には罪がないと、音乃と丈一郎に向けて訴えかけるような彦衛門の言葉の響きであった。

ここに、創業八十年の大店が潰れようとしている。一家は離散となるだろうが、幸いにも、子供たちはしっかりとしていそうだ。気概さえあれば、店はいくらでも再建できる。そんな期待が、音乃の心に淡く灯っていた。

八

向井将監の屋敷には音乃と丈一郎、そして証人の彦衛門を伴い乗り込むことにした。

「とんでもねえ。お二人の身を守るのも、あっしの役目ですぜ」

源三には、外にいてもらいたい理由《わけ》があった。向井将監政伴を捕らえて、廻船に向かわなくてはならない。それともう一つの理由は――。

「もしも、わたしたちの身に何かありましたら、梶村さまのところに報せる人がいなくなります。半刻経っても出てこなかったら、八丁堀に走ってください」

「へい、がってんだ」

音乃の説き伏せで、源三は船着場で待つことにした。

数刻前に来た屋敷である。運よく脇門が開き、中から数人の家来たちが出てきた。その日の役目を終えた家来たちのようだ。その中に、見覚えのある男が交じっている。

「もし……」

音乃がその男に声をかけた。

「おや、あなたは」

先刻音乃を案内した家来が、顔を覚えていた。

「向井将監様がおいででしたら、先刻うかがった、音乃が来たとお伝え願えませんでしょうか？　大事なお話がございまして」

「かしこまった」

消沈してうな垂れる彦衛門に、怪訝そうな目を向けながら家来が奥へと入っていく。いく間もないうちに、家来が戻ってきた。

「先ほどの客の間に来ていただきたいと言っておられた。拙者らはちょっと急ぐでな……部屋はどこだかお分かりか？」

急ぐといっても、どこかに酒でも呑みに行くのだろう。案内がないのは、むしろありがたかった。

「はい。存じております」

音乃が一礼する間にも、家来たちは足早に去っていく。

「お義父さま、まいりましょう」

人捨屋の船の出航まで、一刻半と少しを残すだけとなった。

玄関に入ると、案内人もなく式台に足をかけた。部屋はこちらと、音乃が先に歩き出した。見覚えのある弁柄色の襖の前まで来ると、音乃の足が止まった。

「ごめんくださいませ」

「入りなされ」

襖越しに声をかけると、間髪容れずに返事があった。

ゆっくりと襖を開けると、プンと異様な匂いが鼻をつく。不快な匂いではなく、葡萄のような甘さを感じる香りであった。卓の上には琥珀色《こはくいろ》の、ガラスでできた容器が数本立っている。栓が抜かれ、香りはそこから放たれていた。

四つ足の西洋卓を、三人の男が囲んでいる。一人は向井将監政伴で、隣には見合い相手を務めた向井正孝がまだいた。そしてもう一人、卓につっ伏している男は、顔まではうかがえない。しかし、その着姿に音乃は覚えがあった。間宮左馬之助という名は、彦衛門から聞いている。

「なんだ、河口屋の彦衛門もいっしょか？」

「はっ、はい……」

政伴の問いに、がっくりとうな垂れた彦衛門が蚊《か》の鳴くような小声で返した。

「それにしても、これほど早く音乃どのがここに来るとは思ってもみなかった。甥ごたちは見つかったのか？」

口にしたのは、正孝であった。二人とも、酒に酔ったような様子ではない。間宮だけが、酔い潰れているという光景であった。

「いえ。今しがた山藤家に赴《おもむ》きましたが、若殿も戻っておらず、甥たちもおりませんでした」

「ほう。それを言いに、わざわざここに来られたのかな？」

「いいえ、そうではございません」

音乃の鋭い眼差しが、政伴と正孝に向いている。先刻とはうって変わった音乃の変化に、向井の二人は首を傾げている。

「どうなされた？　閻魔さまのように恐ろしい顔をなさって」

正孝の問いに、

「ならば申しましょう。正孝様も、悪党の一味とは思いもよりませんでした」

音乃は一声を放つと、キッと睨む視線が、正孝に向いた。

「ほう、悪党の一味とはなんとも辛辣《しんらつ》なもの言い。これはまた、ずいぶんと疑われたものでございまするな、将監殿」

「いかにも。そんな怖い顔をなされてどうされた？　別嬪《べっぴん》が台無しですぞ」

正孝と将監政伴の掛け合いに、音乃は歯が軋むほどの激しい怒りを顔面に表す。

「お惚《とぼ》けなさいますな。船手頭や書院番士ともあろうお偉いお方が、これほど卑劣なことなさっていようとは。呆れ返って、開いた口が塞がらないとはこういうことでございます」

「なるほど……」

薄ら笑いを浮かべた正孝の顔が、鬼面にも見えてくる。男としては整った顔だけに、なおさら薄情そうなところが目立つものだ。

「まさか人捨屋の黒幕が、海を取り締まる向井家であったとはお釈迦《しゃか》さま……いや、地獄の閻魔さまでも気づいてはおりませんでしょう。そこで酔い潰れている間宮左馬之助という男と結託し……その間宮家も船手頭を務めるお家柄というではございませんか。ですもの、どんなに捜し回ったとて、捕まるわけはございませんですね。これまで、いく人もの人々を拐かし、他所の国に売り渡しましたのでございましょうや？」

音乃のやり込めに、政伴と正孝の顔が下を向いている。しかし、観念している風には見えない。

ゆっくりと将監と正孝の顔が、そろって上がった。二人とも顔面が紅潮している。殺気がほとばしる形相に、音乃と丈一郎は身構えた。

将監政伴が、刀架に収まる大刀に手を伸ばした拍子に、音乃は素手で、丈一郎は脇差を抜いて先制の攻撃を仕掛ける構えを取った。

「お義父さま……」

「おう」

丈一郎は脇差を繰り出し、音乃は拳を握り正拳を突き出すつもりであった。

家来たちが駆けつける前に、向井家の二人を捕らえたい。音乃と丈一郎の鍛えた腕ならば太刀打ちができる。しかし、真の目的はそれではない。向井将監を引き連れて、船から鉄太郎たちを救い出す。その中に、山藤家次期当主の右京も監禁されているかもしれない。無事に助け出せれば、あとの始末はお上《かみ》に任せればよい。

「ここにいる河口屋彦衛門が、白状した。あんたらも幕府のお偉方だったら、潔《いさぎよ》く往生したらどうだい！」

丈一郎ではない。これは、音乃の怒り心頭に発した啖呵《たんか》であった。夫真之介の魂が乗り移ったような、閻魔の形相と化す。

「……音乃の中に、真之介が現れたか」

丈一郎が、誰にも聞こえぬほどの声で呟いた。

「河口屋がだと……本当か？」

政伴の驚く顔が、彦衛門に向く。

「いいえ、手前は……」

激しく首を振って、彦衛門は打ち消す。

「向井様のことは、一言も申してはおりません。何を誤解されたか、こちらさまが勝手におっしゃること」

「何もかもお見通しのようだな。だが、大事なところが一つ欠けているようだ」

にわかに政伴の声音が穏やかなものとなって、音乃と丈一郎に向いた。

「これで分かった」

正孝がおもむろに口にする。

「何が分かったと？」

「北町奉行の榊原様が、拙者と音乃どのを見合いさせたことよ」

「音乃どのは、この向井将監を人捨屋の黒幕とでも思っておられるのだな？」

「えっ？」

雲行きが怪しくなった。

「だとしたら、こういうことだ」

向井政伴の口から、真相が語られる。

船手頭である向井家が携わる任務の一環として、江戸湾の巡視がある。

向井家では、船を扱う十人の水主同心と、およそ八十人の手下役人と水夫を抱え、日々密漁や抜荷けなどの、不審船の取り締まりに当たらせていた。このごろでは、異国船が外海《そとうみ》に出没しているとの報せも入る。その侵入を監視するのも重要な役目であった。

近ごろ向井家では、ことさら目を光らせている不審船があった。その巡視に当たっているのだが、なかなか本性を表さず、捕まえることができないでいた。それが、取り締まりをしようとすると、いつの間にか江戸湾から消えてしまい向井家では手をこまねいていたことは、既に聞いていることだ。

「中には、人を攫っては、異国に売り飛ばすという不届き千万な輩もおるらしい」

「榊原様にそのことを話したら、人捨屋という言葉が出てきた。それからというもの、なんだか難しそうな顔をされてな、しばらく考えに耽《ふけ》っていた」

政伴と正孝の、交互の話であった。政伴の話である。

「目の前に酔い潰れている男は間宮といってな、こいつが首謀者と睨んで突き詰めるために、今日ここに呼びつけたのだ。俺の幼友達だが、残念ながら根性が腐りきっている。真相を吐かせようと酒に酔わせ問い詰めたが口が固く、とうとう寝込んでしまった。音乃どののおかげで、これではっきりとした。起きたら……」

「そんな、悠長なことは言っておられません」

政伴の話を、音乃は途中で遮った。

「悠長とは、どういうことだ？」

「築地の沖に、五百石船が泊まっております。その船には今、拐かしに遭った子供たちが監禁され、今夜四ツになったら外海に……」

「なんだと！」

屋敷内に響くほどの、政伴の大音声であった。

「その船は、手前どもの廻船でございまして……」

「河口屋の船だと！　いったいどういうことだ？」

目を血走らせ、政伴の怒号が飛ぶ。

「彦衛門さんを問い詰めるより、今は船を止めるのが先かと」

「音乃どのの言うとおりだ。将監殿、ここはいち早く……」

正孝も、音乃の言葉を押した。

「だっ、誰かおらんか！」

弁柄色の襖を開け、政伴が大音声を屋敷内に飛ばした。すると、家来が二人駆けつけてきた。

「今すぐに、全員を集めろ。すでに帰宅した者もだ。これから築地沖に停泊している廻船を捕らえに行く」

「かしこまりました」

「一刻も猶予はない、早く行け！」

政伴の号令が飛び、家来たちは駆け去っていく。

「出陣の仕度だ」

家来たちに指示を伝えると、政伴は部屋から出ていった。戻ったときは野袴を穿き、陣羽織を纏っている。陣笠を被り、総大将として、捕り物に向かう格好が出来上がっていた。

音乃と丈一郎は狐につままれた様相となった。首謀者である向井将監政伴を捕らえ、出航を止めさせる目論見であったのが、まったく違った成行きになっている。

九

水主同心から水夫まで、全員を集めるのにそれでも半刻はかかった。

「音乃どのたちも、一緒に行かれますかな？」

「ぜひ……」

音乃が返事をすると同時に、襖がガラリと音を立てて開いた。

「殿、仕度が調いました」

「よし。今すぐに行く……ちょっと、待て」

配置につこうとする家来を、政伴は呼び止めた。

「その姿では寒かろう。これ、お二人に丹前を用意しろ」

「かしこまりました」

音乃と丈一郎に、分厚い綿入れの丹前が用意された。

「間宮と河口屋のことは、正孝に任せた」

「任せとけ。早く行って、一網打尽にしてきな」

外に出ると、夥《おびただ》しい数の船団が待ちかまえていた。あとは、向井将監政伴の、出航の号令を待つだけとなっていた。

「出発《しゅった》ーっ！」

軍配を振る政伴の掛け声で、船団が静かに動き出す。海に出る前に、提灯の明かりが一斉に消えた。明かりを灯さないのは、沖に停泊している相手から見破られないためだ。

一艘に五人ずつが乗り込む手漕ぎ舟が、二十艘ばかり。主船は帆を掲げて動力とする、百石船であった。十人ほどの水夫が船を繰る。音乃と丈一郎、そして源三も拾われ、主船に乗っている。将監政伴が指揮する船であった。

夜四ツの鐘を合図として動き出す、人捨屋の五百石船が錨《いかり》を引き上げる既《すんで》であった。音もなく近づいた船団の、消えていた御用提灯に一斉に火が点された。取り囲んだ舟から捕り手たちが、舷側《げんそく》に縄梯子をかけて次々と上っていく。

指揮官の政伴も、扱い慣れたように縄梯子を伝い、相手の船へと移り乗った。できれば自分たちも乗り込んで、悪党たちの土手っ腹に一撃をぶち当てたいという衝動に駆られるも、捕り方は音乃と丈一郎の役目外だ。

――どうぞ、無事でありますように。

主船からは捕り物の様子がうかがえず、ただ静かに祈って待つ以外になかった。

飛び交っていた怒号や奇声が急に止んだ。

さして時もかからず、五百石船の乗員総勢三十人が捕縛され、小舟に振り分けられた。

外海に出て、明日になったら伊豆の下田沖で引き渡される。そして、どこかの国に連れていかれ、人捨屋の餌食《えじき》になろうとしていた娘と子供たちはさらに二人増え十人もいた。みな、船底の監禁部屋の中に一塊《ひとかたまり》となっていたのが、無事に保護された。

その中に、鉄太郎と波次郎、そして数日後には七曲藩山藤家の八代目当主隆常と名が変わる、右京の姿もあった。

「鉄太郎、よくぞ無事で……」

感極まって、音乃の言葉が出てこない。

「やっぱり来てくれたね、音乃おばさん……」

音乃には、子供たちの元気な姿は、涙で霞んで見えた。

船団が、意気揚々と向井家の船着場に凱旋《がいせん》すると、北町奉行所の捕り手たちが横並びとなって待ちかまえていた。向井家の家来が呼びに行ったのであろう。船手頭と北町奉行所の連携であった。

その中に知った顔を見つけ、音乃は近づいていった。

「梶村様……」

「おお、音乃か。なぜに、ここに？」

驚く顔で、梶村が音乃を見やる。音乃たちが捕り物に絡んでいたことは、梶村の知るところではなかった。

「ご苦労さまでございまする」

「おお、丈一郎も一緒であったか。どうした、二人とも丹前など着込んで？」

「向井将監様と、あの船に乗ってまいりました」

音乃が主船に目を向けると、視線に気づいた政伴が近づいてきた。

政伴が、梶村に語りかけている。その声は、音乃の耳には届かない。

「与力どの、ご苦労でござった。あ奴らを引き渡すので、あとはよろしく頼む。この度、音乃どのたちがいなければ、捕まえることはできなかった。奉行の榊原様が信頼なされているのがよく分かった」

船手頭には、犯罪を裁く権限はない。北町奉行所に引き渡され、処罰が下されることになる。

翌日の朝になり、音乃にはもう一つ、やらなければならないことがあった。

「早桶の子を、親御さんのもとに帰さなければ」

猶予は一日しかない。埋葬される期限が来てしまうからだ。だが、その懸念には及ばず、両親が訪れてきた。鉄砲洲の島方会所で、行方知れずの子がいたのを聞き込んで来たという。

去る十五日の昼過ぎ、上総は木更津の浜で行方知れずになったと父親が言った。聞くと、身体や体つきが鉄太郎たちとよく似ている。やはり妹にせがまれ、こちらは蛤《はまぐり》を拾いに浜に出て、高波に攫われたとのことだ。十歳になる庄屋の次男であった。

音乃は、愛宕下の賢相寺に両親と共に赴《おもむ》くと、早桶の子はまだ本堂に安置されていた。どんなに変わり果てた姿でも、母親ならば一目で見抜く。

「わが子に間違いございません」

遺体にすがりつくその姿を見つめ、音乃は涙を浮かべながら、早桶の子の冥福を祈った。

その日の夜、音乃と丈一郎は梶村の屋敷に呼ばれ、北町奉行榊原忠之の伝えを聞くことになった。

「しかし、これほど早く人捨屋を捕らえられるとは思わなんだ。これも音乃たちのおかげであると、お奉行は感極まったようなご様子でござったぞ。それと、向井将監様も、音乃たちの活躍に感心しておった」

榊原に成り代わり、梶村の口から奉行の言葉が伝えられる。

「いえ。わたくしは何もいたしてはおりません。すべては勇気あるお子たちが、事件を解決に至らしめたものでございます」

音乃は、榊原と相対しているような錯覚にとらわれ、自らの言葉を返した。

鉄太郎も無事に戻り、その憂いはもうまったくない。

拐かしに遭った経緯は、鉄太郎から聞いている。

「——どう、怖くなかった？」

「さらわれたときは驚いたけど、何も怖いことはなかったよ。殿さまもみんな、勇ましくて強い奴ばかりだった」

鉄太郎は平然と答えたものだ。その言葉だけで、音乃は救われる思いであった。

右京は監禁部屋の中で、自らを十二万石大名としての自覚を抱いていたようだ。怯える娘たちを率先して宥めていたと、鉄太郎は誇らしげに言った。

「それで、山藤家の跡継ぎのほうはどうなりますので？」

音乃としては、一番気になるところであった。

「お奉行から聞いたが、大目付の井上様の話では、一切不問とするらしい。お奉行が、嘆願したのであろう。山藤家は何ごともなく、右京様は間もなく大名になられるそうだ」

「それを聞いて、安堵いたしました」

もう、山藤家の重鎮たちに対する憤りは消えている。鉄太郎が戻ったときの、奥田家の喜びようは、言葉で表すこともなかろう。音乃は、そのときの大騒ぎを思い出し、クスリと笑みをこぼした。

「河口屋さんは、今後どうなりますのでしょうか？」

笑みを真顔に戻し、音乃は問うた。

「あれは、音乃たちの勇み足であったな。彦衛門を問い詰めたら、間宮左馬之助に命ぜられ、修理を終えた五百石船を貸し出しただけだと言っておった。音乃に問い詰められて、初めて悪事に加担したと彦衛門は気づいたらしい」

「いったい、どういうことで？」

丈一郎が理解できぬと、梶村に問うた。

「間宮と手を組んでいた廻船問屋は川向こうの、深川熊井《くまい》町で店を出す都木川屋《ときがわや》であった」

深川熊井町は、大川が石川島で分離する、東側の川沿いに位置する。都木川屋は、その一角にあり、材木などを産地から運ぶのを主な生業《なりわい》としていた。重い物を運搬するため、大型船である千石船を一艘所有している。かつては、二艘所有していたのだが、二年ほど前持ち船であった千石船の一艘が嵐に遭って転覆してしまった。

多大な損害を被った都木川屋は、その穴埋めとして深川、本所の船舶を取り締まる船手頭の間宮家次男左馬之助にそそのかされ、人売りという悪事に手を染めたのだった。

「人捨屋はとにかく金になったらしい。なにせ一人他国に売り飛ばせば、五十両は下らんという」

「人の命って、そんなに安いものなのでしょうか？」

「金で買えんものを売り買いするから卑劣なのだ」

丈一郎が、言葉を添えた。

「清国《しんこく》や澳門《マカオ》、比律賓《フィリピン》などといったところに買い手があるらしい。これまで、延べで少なくとも百人は……」

「そんなに多くの人を……なぜにこれまで捕まえられなかったのでございましょう？」

不快な思いが胸に込み上げ、沈痛な面持ちで音乃が問うた。

「それだけ犯行が巧妙であったとしか言いようがない。それと、人が行方知れずになっても、怠慢な奉行所の責任もある」

梶村が、自戒を込めて言った。そして、さらに言葉をつづける。

「先だっての十四日の夕刻、都木川屋の船が事故を起こしてな。そのまま外海に逃げ出してしまった」

「その船にぶつけられた釣り舟に、右京様は乗っていたのですね？」

「そういうことだ。しかし、その三日後に取引きがある。娘と子供合わせて十人を、下田の沖に泊まる外国船まで届けなくてはならない。だが、運ぶ船がなく困っていたところで、左馬之助が声をかけたのが河口屋の彦衛門であった。たまたま修理に入っていた五百石船に当て逃げの疑いがあると言って脅しをかけた。それを口実に、水夫たちはこっちで用意するといい、五百石船を手に入れた」

「まさか、その船に河口屋さんの息子を乗せたとは夢にも思わなかったでしょうね」

「ああ。十二万石の殿さまも、閻魔の女房の甥っ子もな」

咽喉元を過ぎて熱さを忘れたか、普段は口にしない梶村の軽口に、音乃と丈一郎の顔に笑みがこぼれた。

「間宮左馬之助は、向井将監様のことを竹馬《ちくば》の友と思っていたらしいが、片方はそうではなかった。子供のころからの、左馬之助の素行の悪さを気にしていたが、まさかこれほどのことをしでかしているとは。それに気づいたのは、ごく最近のことだった。そして、お奉行に相談をかけたのだな。拐かし事件の前に、すでにその件で話がなされていたそうだ」

その後の経緯は、音乃も知るところだ。

「向井正孝様がお奉行の話に乗り、事情を語らず音乃を動かしたってわけだ。奇《く》しくもそれが、山藤家の一大事と重なり合った。連れ去られたのが鉄太郎たち三人でなければ、この事件は解決していなかったであろう」

「まさに、瓢箪《ひょうたん》から駒のようでございます」

感無量な面持ちとなって、音乃が話を締めくくった。

時代小説

二見時代小説文庫

影武者捜《かげむしゃさが》し　北町影同心《きたまちかげどうしん》7

著者　沖田正午《おきだしょうご》

発行所　株式会社　二見書房
東京都千代田区神田三崎町二－一八－一一
電話　〇三－三五一五－二三一一［営業］
〇三－三五一五－二三一三［編集］
振替　〇〇一七〇－四－二六三九

印刷　株式会社　堀内印刷所
製本　株式会社　村上製本所

落丁・乱丁本はお取り替えいたします。
定価は、カバーに表示してあります。

 ISBN978－4－576－17196－8
http://www.futami.co.jp/

地獄耳
奥祐筆秘聞
和久田正明
1